**Frère Thomas**
**Fr/Nl**

AF120614

Josiane Wolff

# Frère Thomas
# ne se repose jamais

## Théâtre

© 2021 Josiane Wolff
Editeur : BoD-Books on Demand
12-14 rond-Point des Champs-Elysées, 75008 Paris
Impression : Books on Demand, Norderstedt, Allemagne

Illustration : Josiane Wolff

ISBN: 978-2-3222-0083-2
Dépôt légal : Mai 2021

*Un grand merci à mon amie Johanna COEMAN
pour m'avoir proposé de traduire
cette pièce en néerlandais.*

*Peu importe où et quand nous nous produirons,
un siège d'honneur lui sera toujours réservé.*

*Josiane*

« *Crée un personnage attachant,
puis – à la fin – fais le mourir.
Ou pas* ».

« *Schep een innemend karakter.
En dan – op het einde – laat hem sterven..
Of niet* ».

*Ariane*

**Scène 1**

*Un vitrail éclairé par l'arrière.*
*Un moine est assis (et pas à genoux) sur un prie-Dieu. Des cloches de cathédrale se font entendre à grand bruit. Diminution progressive (restent en bruit de fond sans gêner la parole).*
*Le moine sort un petit recueil tout écorné et usé de sa poche. Il cherche la bonne page. Il prend son temps.*

Voyons voir. Chapitre 13. Comment on doit dire l'Office du matin les autres Jours de la semaine ?

*Il relève la tête et parcourt le public des yeux.*
Bon, je vous explique: les autres jours de la semaine ça veut dire en semaine, sauf le dimanche. Ici, le samedi, c'est la semaine... OK ?

*Lecture monocorde, très rapide, mais audible :*

On commencera l'Office du matin, les autres jours de la semaine, par le Psaume 66. On le dira sans Antienne comme le Dimanche, et un peu lentement, afin que tous les Frères aient le temps de se trouver au Psaume 50, qui se dira avec Antienne. Ce Psaume sera suivi de deux autres selon la coutume, savoir : le Lundi, le 5 et le 35 ; le Mardi le 42 et le 56 ; le Mercredi, le 63 et 64 ; le Jeudi, le 85 et le 89 ; le Vendredi, le 75 et le 91 ; le Samedi, le 142 avec le Cantique du Deutéronome, que l'on divisera en deux, disant le Gloria à la fin de chaque partie. Pour les autres jours on prendra le Cantique tiré des Prophètes, que l'Église Romaine a accoutumé à chanter chaque jour. Ensuite on dira les Psaumes de louanges, une Leçon de l'Apôtre par cœur, le Répons, l'Hymne, le Verset, le Cantique de l'Evangile, et on finira par la Prière.

*Il relève la tête. Regarde le public. Prend son temps. Soupire. Hausse les épaules. Puis reprend la lecture rapide à voix haute.*

Au reste, on ne doit jamais terminer l'office du matin et du soir, que le supérieur ne dise à la fin et ne prononce tout haut l'Oraison dominicale ; en sorte que tout le monde l'entende ; afin que les Frères étant pressés par l'engagement contenu dans ces paroles, ***pardonnez-nous nos offenses, comme nous pardonnons celles qu'on nous a faites***, se préservent des scandales et des dissensions qui ont accoutumé de se former dans les monastères, comme les épines dans les campagnes. Aux autres heures de l'Office on se contentera de dire tout haut la dernière partie de cette prière, afin que le Chœur puisse répondre *sed libera nos a malo*.

*Il relève la tête. Regarde le public. Sourit.*
Ça veut dire : **Mais délivre-nous du mal**.

*Il répète en articulant*

**Sed libera nos a malo**. Ça veut dire : **Mais délivre-nous du mal**. Je le sais. J'ai été voir sur Google traduction. Vous n'imaginez quand même pas que je parle couramment le latin. Manquerait plus que ça.

*Il soupire. Referme le recueil et le remet dans sa poche. Il se relève avec peine. (Les cloches s'arrêtent).*

Je vais y échapper demain à l'office du matin.

*Il ricane.*

Demain c'est samedi, et le samedi… je suis au marché d'Avallon, la la la lon lon, et nom de Dieu ! …

*Il met sa main devant sa bouche et regarde vers le haut, gêné.*

Oh pardon, je veux dire *Nom d'un p'ti bonhomme* ! j'adore le samedi.

*Il tire sur sa soutane.*

D'abord, je laisse ce machin ici, à l'Abbaye des Pierres Levées, et je me mets en jeans et t-shirt.

*Il montre ses sandales de moine et ses pieds nus dedans.*

En jeans, et t-shirt **et... baskets** ! Et je vais vendre les bons petits produits **bio** qu'on fabrique ici.

Mais, permettez que je me présente : je m'appelle Jean Lenormand. J'ai 51 ans. Je suis né à Quiberon, dans le Morbihan. C'est en Bretagne. Bizarre de s'appeler Lenormand et d'être né en Bretagne ? C'est comme ça. C'est le genre de choses qui ne s'inventent pas.

Je m'appelle Jean Lenormand. Jean, pour être né le soir de la St Jean d'été, le 24 juin. Un Enfant du Solstice comme ils disent par chez nous. D'autres nous appellent les Enfants des grands Feux ou encore les Fils de Jean le Baptiste.

**Mais appelez-moi Frère Thomas.** C'est comme ça qu'on m'appelle ici. Avant, on m'appelait, avec respect, *Monsieur l'Inspecteur*. Mais ça, c'était il y a longtemps. Presque deux ans. *Monsieur l'Inspecteur de la Brigade de Recherche et d'Intervention (la BRI) de la Préfecture de Police de Paris.*
L'Antigang, quoi. Mais ça c'était avant. Avant que je me prenne une balle dans le thorax.

Aujourd'hui je m'appelle Frère Thomas. Je fabrique du fromage, je cultive des légumes bio et je vends tout ça chaque samedi matin sous le label salivant de ***Produits de l'Abbaye des Pierres Levées***, sur le marché d'Avallon à 15 kilomètres d'ici.

*Il fait semblant de rassembler ses idées.*

Bon ! Mais ça, je vous l'ai déjà dit.

Je vais bien. Pas de séquelles, à part une cicatrice de dix centimètres sous la clavicule gauche.

*Il essaie de tirer sur sa soutane pour montrer sa cicatrice. Il n'y arrive pas. Il s'énerve sur le tissu. Il soupire. Il renonce.*

Lorsque je suis arrivé ici, en pleine forêt du Morvan, c'était pour ma convalescence. C'est le psy de l'Antigang, ce crétin de Serge, qui m'avait vanté les bienfaits de...

*Il mime en prenant un air pompeux pour se moquer du psy :*

« L'hôtellerie accueillante et son petit torrent qui court entre les rochers, l'endroit où on se ressource comme nulle part ailleurs, ... d'autres que toi s'y sont retapés en moins de temps qu'il n'en faut pour dire Sigmund Freud ! »

Tu parles ! S'il avait pu se douter, ce con, (je dis *con*, mais c'est affectueux, je l'aime bien, moi, Serge) et donc s'il avait pu se douter que je passerais de l'hôtellerie d'accueil des convalescents à la petite chambre de moine que voici.

*Il montre le prie-Dieu, le vitrail*

Et que je m'appellerais frère Thomas ! S'il avait pu se douter, **ce con** ! Et moi, donc. Bon. Appelez-moi Frère Thomas. Je suis moine bénédictin et j'ai trouvé la paix.

*Il soupire. Il devient agressif.*

Que voulez-vous encore savoir ? Si j'ai une femme qui traîne dans mon ancienne vie et qui attend que je me ressaisisse, que je me souvienne de mes cinquante années d'athéisme pur et dur ? Et bien non. Personne ne m'attend. D'ailleurs je suis veuf. Enfin, presque... Et c'est tout ce que vous saurez pour le moment.

Appelez-moi Frère Thomas, même si je ne porte pas la tonsure du moine de caricature que vous pourriez imaginer. Je vais vous faire une confidence : comme je n'avais aucune envie de me faire tonsurer, je me suis tondu moi-même. **Toute la tête.** Et puis, j'ai laissé tout repousser n'importe comment...

*Il prend à partie quelqu'un au premier rang*

Quoi ? Je ne suis pas beau comme ça ? Ça fait désordre pour un moine ? On s'en fout. Ça me va bien. Je dirais même que ça avantage plutôt mon physique : 1m85, un petit bedon d'amateur de bonnes bières, les épaules légèrement tombantes, **mais le regard vif** de celui qui ne s'en laisse pas compter. Le samedi, lorsque je laisse tomber la soutane pour les jeans et le t-shirt, il n'est pas rare que l'une ou l'autre femme me regarde avec cette petite chose dans le regard qui me laisse imaginer ce que nous pourrions faire ensemble. Puis, lorsqu'elle réalise que je suis moine – je l'annonce très vite pour éviter les problèmes – elle détourne le regard en rougissant comme si elle venait de commettre un péché de chair au milieu de la place du marché. Ça me fait toujours un peu rigoler. Ça me fait plaisir, aussi, de voir que je plais toujours. Alors j'affiche mon sourire qui tue. Celui qui rassure. Celui qui semble dire *Pas de souci ma p'tite dame, tout le monde peut se tromper,* mais qui en réalité laisse entendre *T'es pas gênée de draguer un moine, salope ?* On s'amuse comme on peut sur cette planète pourrie, non ?

*Il parle maintenant sur le ton de la confidence*

Comme nous sommes entre nous, je vais vous confier un secret. Le véritable but assigné par Saint Benoit à ses moines c'est **la recherche de Dieu**, et je n'y vois aucun inconvénient, si ce n'est que c'est pire que de chercher une aiguille dans une botte de foin. L'aiguille, au moins, a le mérite d'exister. Vous l'aurez compris. Après ce séjour de plus d'un an chez les moines, je ne crois toujours pas en Dieu...

Autre chose pour votre service pendant que nous en sommes aux confidences ? Profitez-en. Ce n'est pas tous les jours que je me livre aussi facilement. Et j'espère que ça va vous mettre l'eau à la bouche pour la suite. J'ai une ENORME qualité, un point fort, un truc à moi, un don en quelque sorte : je suis un détecteur de mensonges ambulant. Sans rigoler ! Dans ma vie antérieure, si je n'avais pas été flic, j'aurais pu être psy. En un coup d'œil je sais si un gars me raconte des bobards. Après quelques minutes, je peux même vous dire s'il vient de se faire larguer par sa copine ou s'il prépare un mauvais coup. Il fut un temps où j'étais imbattable au poker menteur. Mais ça, c'était avant. Bon, je vais devoir vous laisser maintenant, parce que je n'ai pas que ça à faire. Je dois encore aller étiqueter les boulettes.

*Il redevient agressif*

**Ouais !** Les boulettes, ce sont les fromages au lait de vache et à croûte naturelle qu'on fabrique ici et que je vais vendre demain matin à Avallon. Je vous ai dit que j'y vais tous les samedis ? Ah oui. Ça je vous l'avais dit. Alors, une petite dernière confidence pour la route ? Par exemple, un très gros défaut du Frère Thomas ? OK ? Nul n'est parfait, n'est-ce pas ? **Voilà** : j'adore fourrer mon nez dans les affaires des autres. En fait, comme je suis à la fois curieux mais suspicieux et que je ne supporte pas de ne pas savoir, je me retrouve la plupart du temps dans des situations scabreuses qui m'ont déjà joué pas mal de sales tours. Un jour, si vous êtes bien sages, je vous raconterai... Mais pour le moment, ici, il ne peut pas m'arriver grand-chose. Et ce n'est pas la dizaine de cadres supérieurs de la multinationale Ergo Sum qui débarquent ce soir à l'Hôtellerie qui vont bouleverser mon quotidien. Ils ont choisi le séjour en autonomie sans présence aux services religieux. Ça veut dire qu'ils peuvent disposer des cuisines, d'une salle de réunion et d'un coin au grand salon pendant Vêpres et Complies.

*Il s'arrête. Il explique.*

Prenez des notes, ça vous servira peut-être un jour.

*Il rigole, puis se reprend et continue sérieusement*

Bon. Les Vêêêêêpres, c'est l'office du soir, entre 17 et 18h, parfois un peu plus tôt en hiver, juste avant le coucher du soleil. Et les Compliiiiiiiies, c'est la dernière prière de la journée, juste avant d'aller dormir. Alors, l'astuce, c'est que le frère chanceux qui s'occupe des résidents jusqu'à 22h en est dispensé. Oui, oui. C'est qui les résidents ? Ce sont ces jeunes cadres aux dents longues qui viennent passer quelques jours ici, en espérant que la grâce de dieu va les aider à augmenter leur chiffre d'affaire les doigts dans le nez… Les cons ! Mais bon. Grâce à eux, je peux m'occuper de la cuisine, …

*Un temps d'arrêt. Il fait ostensiblement un clin d'œil.*

De la cuisine et… du bar. Ouais ouais. Et les Vêêêêpres et les Compliiiiiiies, on s'en fout ! Et c'est le cas ce soir. Ouais ouais. On est vendredi. Je vais m'occuper des visiteurs. J'adore ça, m'occuper des visiteurs.

RIDEAU – NOIR

**Scène 2**

*Un meuble bar perpendiculaire au public.*
*Frère Thomas est accroupi d'un côté. Un homme et une femme se trouvent de l'autre côté.*

*L'homme:* Nous n'avons toujours rien de précis après deux mois de filature. Je pense qu'on devrait laisser tomber.

*La femme:* Rien pour le moment, mais je suis certaine que nous allons trouver quelque chose. Il est notre principal suspect. Et ce type se comporte bizarrement, je vous assure. Il est parvenu à semer un de nos meilleurs pisteurs la semaine dernière.

*L'homme:* Je vous laisse encore 8 jours, ensuite, on referme le dossier Tony Taminiau et on cherche ailleurs.

*Frère Thomas chuchote au public*

**Chuuuut.** Je me fais aussi discret qu'une petite souris. Le ton est en train de monter. J'ai envie de savoir ce qu'ils manigancent. Je les ai repérés tout à l'heure à l'accueil. Deux cadres d'Ergo Sum. Ils n'ont pas l'air d'accord. Ils font suivre un de leurs employés.

*Il essaie de changer de position. Il reste accroupi.*

Et merde. Je commence à avoir des crampes.

*L'homme:* Si on continue, on va se retrouver au tribunal du travail ou au pénal pour atteinte à sa vie privée.

*Frère Thomas chuchote au public*

C'est le mec qui veut lâcher l'affaire. C'est le boss de la bonne femme, à tous les coups.

*La femme:* On ne risque rien. Si nous obtenons la

certitude qu'il vend des informations à la concurrence, nous le contraindrons à quitter l'entreprise sans indemnité. Je ne vous conseille pas d'aller au procès. Par ailleurs, en qualité de Security Manager, j'ai toute légitimité pour vérifier la fiabilité de nos cadres supérieurs et je pourrai toujours, si nécessaire, jurer que la filature n'a pas excédé sept jours. A partir du moment où les moyens mis en œuvre sont proportionnés au but recherché, pas de problème. Profitons de ce week-end pour lui faire boire un coup. On va faire en sorte qu'il se lâche.

*Frère Thomas chuchote au public.*

Nous y voilà. La bonne femme est Security Manager et elle se la pète. Elle croit que tout lui est permis, comme toutes les bonnes femmes, non ?

*Les acteurs s'éloignent et quittent la scène. Il se relève, se masse les jambes et s'accoude au bar.*

Ils s'en vont. Tony Taminiau. J'ai lu ce nom sur la liste. Je vais aller voir dans quelle chambre il loge. Affaire à suivre, comme on dit.

Vous voyez ce qui se passe ? Je suis là, complètement pépère, la tête dans les frigos, à préparer le bahut pour le week-end, et c'est quand même sur moi que ça tombe, les petites confidences sur le gars qui se fait suivre par son boss, non ? Pour finir, on croit que c'est moi qui fouille et qui refouille, mais pas du tout ! On vient me mettre des affaires bancales sous le nez. Flic un jour, flic toujours, non ? C'est comme cette histoire avec frère Dominique…

*Il s'interrompt. Il s'étire. Se masse le dos.*

Frère Dominique, c'est un bon gros moine. Je l'aime bien. C'est le plus gros d'entre nous, je crois. Eh bien, l'autre jour, c'est quand même sur moi que cette lettre anonyme est tombée... Je vous raconte?

Au monastère nous avons un système très particulier de distribution du courrier. Le frère *La Poste*, comme nous l'avons baptisé affectueusement, trie le courrier entrant et le glisse sous la porte de la cellule du destinataire.

*Il s'interrompt. Interpelle le public.*

Oui, on dit **cellule** chez nous. Quand je dirai chambre, c'est pour faire joli. C'est du marketing pour attirer le client. Côté hôtellerie, *chambre*. Côté Monastère *cellule*. Pigé ? Bon, arrêtez de m'interrompre, sinon on ne va pas y arriver.

*Il rit de sa bonne blague.*

Ce qui pose un léger problème, avec le Frère *La Poste*, c'est qu'il est d'une distraction quasiment poétique et que souvent nous héritons d'une missive qui ne nous est pas destinée. C'est ce qui m'est arrivé. J'ai ramassé sous ma porte une lettre pour Frère Dominique. Sa chambre se trouve juste en face de la mienne. Ce n'est pas la première fois que ça arrive. *Encore cette tête en l'air de Frère La Poste !* me suis-je dis...

J'étais déjà dans le couloir pour glisser ce pli sous la porte de son destinataire légitime lorsque mon œil est tombé sur un détail intrigant. Un semblant de timbre était dessiné grossièrement au bic bleu. Une tête de mort et 2 tibias. Vous voyez...

*Il dessine en l'air une tête de mort et 2 tibias en croix.*

Le logo qu'on met sur les trucs qui vous tuent si vous les avalez. POISON. Un timbre dessiné...

*Il recommence le dessin en l'air*

POISON...

J'ai fait demi-tour aussi sec et suis revenu dans ma cellule examiner ce pli suspect de plus près – à la loupe, pour tout vous dire – et devinez quoi ? Je l'ai ouvert... Oui. Bon. Ça va ! Je l'ai ouvert, point barre. Une tête de mort en guise de timbre, ça pue la menace à deux kilomètres, non ? Et moi, Frère Dominique, je l'aime bien. Mais attention, n'allez pas croire que j'ai fait ça n'importe comment... D'abord, j'ai passé des gants bleus en nitrile, ceux que nous utilisons en cuisine et dont je garde toujours quelques exemplaires dans mes poches, vieux réflexe de ma vie antérieure. J'ai pulvérisé délicatement un petit nuage de mon produit miracle à nettoyer les lunettes et, Dieu soit loué !

*Il met sa main devant la bouche et regarde vers le haut.*

Oups, pardon ! Eh bien, l'enveloppe s'est décollée proprement pour me livrer son contenu. Une feuille blanche soigneusement pliée en quatre avec un message personnel sans ambiguïté à l'attention de Frère Dominique. Je me doutais bien que cette missive n'était pas catholique !

*Il ricane.*

Pas catholique... Soit. L'expéditeur avait visiblement utilisé une machine à écrire. Son style était direct. Ses insultes détaillées. Ses menaces limpides. En intro, il dénonçait *l'innommable goinfrerie* du Frère Dominique. Il écrivait *Ta superbe femme était tellement dégoûtée qu'elle ne voulait plus coucher avec toi et qu'elle s'est taillée avec son prof de gym. Pauvre veuf, mon œil ! Pour te faire plaindre ? Moi je sais ce qu'il s'est passé... Tu devrais avoir honte, moine de merde. La goinfrerie est un des sept péchés capitaux, mais ce qui est beaucoup plus grave c'est que tu as cafté et que tu vas le payer. Je te l'avais dit de fermer ta grande gueule, connard.*

Et il poursuivait *Tu croyais peut-être que je n'allais plus jamais sortir de tôle ? Bonne conduite, mon gars. C'est tout moi. Je suis dehors et je sais où tu es allé te cacher au fin fond de ton Abbaye de merde, Bernard Collot, et que tu te fais appeler Frère Dominique. J'arrive, Dominique, nique, nique ta mère. Tu vas me le payer, et très cher.* Et il signait : *Lazare.*

Pour être honnête avec vous, je dois avouer que Frère Dominique est un tantinet monomaniaque avec la nourriture. Il peut vous faire l'apologie interminable du croustillant qu'il dégustait, enfant, chez sa grand'mère. C'est comme si vous y étiez: *La couleur changeante, suivant le temps de cuisson, entre miel doré et miel cuivré, qui occupe toute la superficie de l'assiette en grosse faïence blanche, le petit craquement lorsque la fourchette pénètre au cœur de la promesse, le fumet étourdissant qui vous monte au nez, et puis ce fondant sur la langue dans lequel le goût de la volaille se mêle à la crème épaisse améliorée d'un soupçon de fromage de brebis...*

Le salaud! Quand il me raconte ce genre de choses j'en ai presque une érection gustative... Quand je pense qu'au moment où on a dû lui enlever la vésicule biliaire, il y a environ un an, sa seule préoccupation était de pouvoir à nouveau manger *un peu gras*. Il a été rassuré quand le chirurgien lui a expliqué que, contrairement à certaines idées reçues, l'ablation de la vésicule biliaire n'entrave ni la digestion ni le transit et, qu'après l'opération, son foie allait continuer à produire de la bile au point qu'il pourrait même s'autoriser des repas plantureux. Je suppose qu'il se payait un peu la tête du gros moine.

Frère Dominique m'avait expliqué tout ça alors que nous étions en équipe à la fromagerie, un mercredi après-midi, et qu'à trois jours de son opération il ne pouvait toujours pas s'empêcher de tremper le doigt dans la cuve et de le lécher pour tester *la promesse de crémeux de notre spécialité à croute naturelle...*

Mais bon. Que Frère Dominique soit atteint de gourmandise, de goinfrerie, de gloutonnerie et de toutes ces sortes d'intempérances boulimiques, je n'en doute pas. Mais, pour peu que ce soit vrai, évidemment, j'ignorais que sa femme l'avait quitté pour un prof de gym. Ici, tout le monde croit que Frère Dominique a perdu son épouse suite à une longue et pénible maladie dont il ne veut pas parler. Bon. Moi aussi, je dis que je suis veuf. Et pourtant... Enfin, ça c'est une autre histoire.

Alors. Bon. Je me suis dit : qui est le cinglé qui a rédigé ce torchon de menaces ? Et qu'est-ce que ça veut dire : *tu as cafté...* Comme si mon gros copain de moine avait trempé dans un truc louche ?

Voilà qui a eu de quoi occuper les quelques milliers de neurones que j'avais laissés en jachère depuis trop longtemps. Frère Dominique menacé par un cinoque qui nous la joue ex-tôlard qui va lui faire la peau... Mon sang n'a fait qu'un tour. Normalement, j'aurais recollé habilement la méchante missive et je l'aurais glissée ni vu ni connu sous la bonne porte. Mais là, pas question. Je suis allé dans le jardin où Frère Dominique arrosait les salades, j'ai sorti la lettre de ma manche.

Je lui ai tendue et lui ai dit tout de go : *C'est pour toi. Je l'ai lue. Tu as des emmerdes.*

*Il s'interrompt. Regarde le public. Bombe le torse. Rigole.*

Admirez ce talent que beaucoup m'envient : délicatesse, tact et respect...

J'ai soutenu son regard interrogateur. Noir, mais

surtout inquiet. Il a lu la missive, l'a repliée, remise dans l'enveloppe et glissée dans sa grande poche ventrale. Il a détourné les yeux et poussé un grognement de colère. Voilà. Direct, mais efficace, même si après ça il ne doit plus m'adresser la parole pendant mille ans, on a gagné du temps. Il m'a dit : *Tu lis le courrier des autres, toi ? Bravo. Joli.*

*A chaque réplique, il change de place et mime avec force gestes le fait que les 2 moines se parlent.*

J'ai répondu : *Ce n'est pas un courrier, ce sont des menaces de mort. Je peux t'aider. Tu sais bien que j'étais flic dans mon ancienne vie.*

Il m'a dit : *Je sais. Mais là, c'est la merde. Je vais devoir me débrouiller tout seul. Laisse tomber.*

J'ai répondu : *Pas question. Peu importe dans quoi tu es mouillé, je ne te laisserai pas tomber.*

Alors, il m'a raconté, en gros, les emmerdes de Bernard Collot, aujourd'hui Frère Dominique se croyant à l'abri de sa vie d'avant. Il ne m'a rien dit sur sa femme. Tout le monde dit qu'il est veuf, mais il n'en parle jamais.

Cependant, il m'a raconté deux trois trucs sur ce Lazare un escroc avec lequel il a **travaillé** du temps où il était antiquaire et accroc au jeu. Il avait perdu beaucoup d'argent et ce type lui avait proposé de **se refaire** en écoulant de la marchandise pas très nette. Lazare s'était fait serrer et était persuadé qu'il avait été dénoncé. Il avait pris 5 ans fermes. Il venait de sortir après 4 ans et demi pour bonne conduite.

Depuis lors, j'ai eu le temps de faire quelques recherches. Après avoir reniflé à gauche et à droite, je ne suis pas revenu bredouille. Mais bon, j'ai de la méthode, des outils et de vieux amis. Car, si vous pensez que d'être moine bénédictin m'a coupé du monde, vous vous mettez le doigt dans l'œil jusqu'à l'omoplate. Je vous l'ai dit. Ça m'apaise, ça m'harmonise, ça m'a guéri de quelques démons, mais ça ne m'a pas rendu crétin des Alpes, nom de dieu !

*Il s'arrête, la main sur la bouche. Il regarde en l'air.*

Oups ! Je ne m'y fais pas. Pardon !

*Puis il hausse les épaules et fait le geste de s'en foutre.*

Oh et puis merde !

Bon, qu'est-ce qu'on disait ? Ah oui. Je ne suis pas complètement idiot et donc j'ai trouvé quelques trucs. Faut vous dire qu'en plus de mon Iphone que j'ai tout le temps **par devers moi**, dans ma belle soutane multi poches, j'ai conservé mon IPad. Et lui, je le laisse bien en évidence sur ma table de travail pour bien montrer que je n'ai rien à cacher. Par ailleurs…

*Il fait une petite danse sur place et prend un air vantard.*

Je dispose également d'un temps d'utilisation utile du PC et de l'imprimante de la bibliothèque vu que c'est bibi qui encode les ventes du week-end et qui, depuis peu, est en charge des mises à jour du site web de l'Abbaye. J'ai donc un **accès illimité** à internet via l'identifiant de l'Abbaye et j'ai reçu mon propre mot de passe. Cool, non ? Bon, je n'ai jamais été addict à toutes ces conneries de Facebook, LinkedIn et autres Instagram, mais je me tiens informé des choses du monde et j'ai toujours quelques entrées utiles dans l'une ou l'autre base de données de ma vie antérieure. Et aussi quelques entrées moins autorisées mais tout aussi intéressantes dans les PC de l'un ou l'autre que je tiens à l'œil, mais j'y reviendrai.

C'est du joli, pensez-vous ? Et bien sachez que tout ce que je fais – enfin, presque tout – est conforme à la Règle de St Benoit qui est censée régir mon quotidien. Cette règle décrit non seulement les divers offices et le travail, mais aussi les modalités…

*Il compte sur ses doigts*

Des repas, de l'habillement, de l'accueil, du choix des responsables, des voyages à l'extérieur, et tout ça. Mais St Benoit **n'était pas idiot** et connaissait bien la nature humaine. Alors, il a prévu qu'en fonction de la communauté, c'est l'abbé qui règle la plupart des détails du quotidien. Chez nous ici, l'abbé c'est le Père Philippe. Un homme bon et intègre qui a rapidement compris qui j'étais et perçu les ténèbres dans lesquelles je me trouvais en mettant un pied en ces lieux.

En fait, il est le seul sur cette terre - avec ma sœurette Monique, ma jumelle - à en connaître autant sur moi. Il est mon confesseur et je joue le jeu. A fond. Il m'autorise à garder un pied dans la vraie vie pour que je puisse continuer à nourrir ma curiosité tout en étant à la recherche d'une spiritualité qui me convienne. Il ne m'a rien fait promettre, si ce n'est d'être honnête envers moi-même. Quand je lui ai dit, par exemple, au moment où nous discutions de mon engagement éventuel dans la petite communauté de l'Abbaye : *Père, vous savez pourtant que je ne crois pas en dieu et que je ne pourrai jamais faire semblant.* Il m'a répondu en souriant : *on cherche Dieu, mais c'est Lui qui nous trouve.*

Mais je m'égare. Tout ça pour vous dire que j'ai quelques moyens techniques d'investigation et que j'ai gardé de bons contacts avec les copains du labo.

J'ai aussi invité Frère Dominique à dîner dans un bon petit resto du coin pour lui tirer les vers du nez de manière détaillée sur ses méfaits du passé et ce vilain connard de Lazare qui veut le faire passer de vie à trépas. Ça m'intéresse, d'autant que notre ami ex-antiquaire n'est pas plus veuf que moi…

RIDEAU – NOIR

**Scène 3**

*Un vitrail éclairé par l'arrière.*
*Frère Thomas est assis sur un prie-Dieu.*

Voyons voir. Chapitre 15. En quel temps on doit dire Alléluia ?

*Il relève la tête et parcourt le public des yeux. Il sort son recueil de sa poche et lit.*

Depuis le saint jour de Pâques jusqu'à la Pentecôte, on dira Alléluia sans interruption aux Psaumes comme aux Répons. Depuis la Pentecôte jusqu'au commencement du Carême, on le dira toutes les nuits aux six derniers Psaumes seulement ; et tous les Dimanches de l'année, à l'exception du Carême, aux Cantiques de la nuit, à l'Office du matin, à Primes, Tierces, Sextes et Nones. Pour Vêpres, elles se diront toujours avec Antienne ; et jamais on ne dira Alléluia aux Répons, si ce n'est depuis Pâques jusqu'à la Pentecôte.

Au secours, les gars! Avec **Antienne**…

*Il se lève. Il commence à chanter « Etienne, Etienne ! » et se dandine, en dansant*

Qui parmi vous ?

*Il s'adresse au public, en montrant du doigt*

Qui parmi vous sait ce que veut dire **avec Antienne** ?

Hein ? Qui ?

*Il montre du doigt. Il menace.*

Hein ! **Qui ?** Qui sait ce que veut dire **avec Antienne** ?

*Il ricane*

C'est aussi sur Google que j'ai trouvé. A faire, quand on n'a pas envie de dire à ses collègues moines qu'on ne comprend fichtre rien à leur liturgie.

*Il sort une feuille pliée en 4 de sa poche. La déplie. La lit.*

Avec Antienne. Refrain liturgique repris par le chœur entre chaque verset d'un psaume. Au figuré, que l'on répète, que l'on ressasse. Synonymes, rengaine, refrain.

*Il ricane*

Rengaine ! Refrain !

*Il recommence à chanter* **Etienne, Etienne** *et se dandine, en dansant*

Avec Antienne, avec Antienne, rengaine, refrain.

*Il stoppe net. Il se ressaisi.*

Excusez-moi. Je déconne. Qu'est-ce qu'on disait ?

*Il se passe la main dans les cheveux.*

Qu'est-ce qui m'arrive, là ? On se calme, oui ?

Bon. J'en reviens à Tony Taminiau, le jeune cadre qui se fait suivre par ses patrons parce que, soi-disant, il vend des infos à la concurrence. Eh bien, bingo et super bingo. J'ai fait une petite visite discrète dans sa chambre pendant le petit-déjeuner. Et j'ai trouvé… des trucs.

*Il tourne en rond, il réfléchit.*

Je ne sais pas pourquoi, mais cette grande asperge de Tony aux airs d'adolescent emprunté me fait penser à mon neveu Alexis, le fils de Monique, ma sœur jumelle. Ce type a dans le regard quelque chose entre un faux air sûr de lui et une sorte d'angoisse, comme s'il se sentait en danger. Et je me suis dit *j'en aurai le cœur net*. Voilà c'est reparti... Les mots magiques, les mots maudits : *j'en aurai le cœur net...* C'est quand même plus fort que moi, je vous le disais.

Je me suis volontairement enfermé dans cette Abbaye du trou du cul du monde pour avoir la paix et je parviens encore à trouver des cas qui me titillent les neurones... Incurable *as been de l'antigang*, détecteur de mensonges **ET** chercheur d'embrouilles, comme le pensaient mes chers collègues. Ils doivent d'ailleurs me surnommer *le moine barjot*, maintenant. Ou encore, le *zinzin bénédictin* ? Pas sûr qu'ils puissent comprendre ce que je fais ici. Ils me l'ont tous dit : *Tu as perdu la tête, ressaisis-toi !* Ce crétin de Serge, le premier. Il n'a jamais pu imaginer – piètre psy, non ? – que m'envoyer dans cette abbaye pour un petit séjour de convalescence allait faire de moi un moine bénédictin en bonne et due forme. Et les autres ? Mon co-équipier Lorenzo et ses blagues toutes pourries, Julie la kamikaze et son sourire à vous rendre complètement gaga, Pétrus le vieux de la vieille et ses 1001 usages du bicarbonate de soude... On se voit encore de temps en temps quand je monte à Paris. On ne bosse plus ensemble, mais on est toujours potes comme au bon vieux temps. Je peux leur demander ce que je veux, ils répondront toujours présents. Et moi pour eux, c'est pareil. On en a tellement bavé à la Brigade qu'on est soudés comme les doigts de la main. Ça me fait penser que je devrais leur faire un petit coucou dans pas trop longtemps. Passé la mi-mai Paris c'est vraiment cool.

Ici aussi c'est cool. Pour rien au monde je ne voudrais

retrouver ma vie d'avant. Ici, c'est la véritable sérénité. Ce silence. Le simple fait de marcher pieds nus dans l'herbe au petit matin, le chant des cloches qui nous appellent à heures fixes vers la chapelle, des choses aussi simples et pourtant qui me sont devenues essentielles. Même les Vigiles me conviennent. A cette heure-là je ne dors pas encore et, si dans ma vie d'avant je vivais très mal mes insomnies, ici elles font partie de mon rythme de vie.

*Il stoppe net. Il montre les spectateurs du doigt. Il interroge.*

Ok les gars. Les vigiles… C'est quoi encore ce bazar ? Toi ? Tu sais ? Quoi ? Rester vigilant ? ha ha ha. Rien du tout. Va coucher ! Toi ? Quoi ? Les gardiens de nuit ? Toi, tu peux sortir !

Bon. Pas de panique. *Les Vigiles* c'est tout bête. C'est l'appel à la prière à 2 heures du matin… et à 2 heures du matin je suis toujours là, les yeux grand-ouverts, à me triturer les méninges sur les *To be or not to be*, et tout ce que mon cerveau n'arrive pas à classer. Alors j'entends le ding dong de la cloche, je me lève, et je vais rejoindre les autres dans la chapelle. Quand on revient, il est quelque chose comme 3 heures du mat', je me recouche et je m'endors comme un ange. Dingue, non ? Je me souviens au début quand frère Dominique me disait…

*Il s'interrompt. En confidence au public :*

Frère Dominique, c'est un bon gros moine. Le plus gros d'entre nous, je crois. Je l'aime bien.

*Il s'interrompt tout net.*

Mais vous le connaissez, Frère Dominique. Le gros. Le très gros. Celui de la lettre anonyme, le gourmand. Je vous l'ai dit, non ? Je vous l'ai dit ?

*Il a l'air inquiet. Il se prend le front. Il se tait longtemps. Il tape d'un doigt sur son crâne.*

C'est pas la forme là-dedans... Je suis un peu fatigué, moi, non ? Mais ça va aller. Allez ! ça va aller.

*Il rit, mais un peu forcé.*

Oui. Je m'en souviens. Je vous l'ai dit. Bon. Eh bien, Frère Dominique, plus gourmand que lui tu meurs...

Il me disait : *Ne cherche rien. N'essaie pas d'être détendu ni de faire le vide dans ta tête, tu n'y arriveras pas. Sois présent à ce que tu ressens, même si c'est désagréable. Ecoute ce qui se passe dans tes tripes.* Il aime dire tripes, ça doit lui faire penser à une bonne recette en sauce. *Ecoute les bruits de fond, un oiseau dehors, le frottement d'un tissu, le grincement de la porte. Respire aussi. Lentement. Ecoute avec ton nez l'odeur qui vient des cuisines. Que va-t-on manger ce midi ?* Une question qu'il se pose chaque matin en ouvrant l'œil surement.

Il me disait: *Touche. Passe le bout des doigts sur le bois usé de ton armoire. De la paume de ta main ouverte, caresse la pierre polie de l'appui de fenêtre où des centaines de personnes avant toi se sont penchées pour apercevoir la statue de Marie derrière le bosquet. Et puis sors quand tu en as envie. Sors et va te promener le long du Trinquelin, à dix minutes d'ici. Ecoute ses petits bruits de grenouille lorsqu'il passe sur les galets dans la troisième cascade.*

Voilà toutes ces choses qui m'ont sauvé la vie. Pour de vrai. Je ne plaisante pas. J'étais tellement déglingué en arrivant ici que je souhaitais me laisser aspirer dans un trou sans fond et ne plus jamais revenir à la surface. Et puis j'ai appris à accepter de n'avoir plus d'attente particulière, de ne poursuivre aucun objectif, de laisser mes pensées vagabonder comme des feux follets... Et ça m'a fait du bien. Un peu à la fois, j'ai pu diminuer les doses de méthadone et en 4 mois je suis parvenu à me passer de toutes les saloperies qui me mettaient la tête dans le cul.

Monique, ma sœur jumelle, la maman d'Alexis - dont je vous parlais tout à l'heure et auquel Tony me fait penser - habite toujours à Quiberon dans la maison de nos parents. Eux ils sont morts.

Elle me demandait, la dernière fois qu'on s'est parlé sur Skype : *Tu n'en n'as pas marre, parfois, de cette abbaye où il ne se passe rien, toi qui ne pouvais pas tenir en place, toujours à fourrer ton nez dans les affaires des autres et à jouer ton Sherlock Holmes de l'antigang ?*

Et bien non. Je n'en ai pas marre. On pourrait croire qu'ici toutes les journées se ressemblent. Pas du tout. C'est un peu comme lorsqu'on va faire une ballade dans un quartier où on habite depuis 20 ans. Un jour n'est pas l'autre. On ne se lasse pas de découvrir de nouveaux visages. Et même ce qui se passe en rue… ce n'est jamais deux fois la même chose.

D'ailleurs, en parlant de Sherlock Holmes… Je n'ai pas pu m'en empêcher. Je vous le disais, je suis allé faire une petite visite/fouille discrète de la chambre de Tony pendant le petit-déjeuner et je ne suis pas revenu bredouille. Drôle de zigoto, celui-là et ça ne m'étonne pas qu'on le trouve suspect dans sa boite au point de le faire suivre. De ma vie d'avant, il me reste de la méthode, notamment pour chercher aux bons endroits les choses qu'on veut cacher. Et YES !

*Il sort son Iphone d'une de ses poches et passe quelques pages en revue en glissant le doigt*

Ça ne m'a pas pris plus de cinq minutes pour trouver ça.

*Il montre l'écran au public. Il ricane.*

Vous ne voyez rien évidemment. Je vous explique. J'ai trouvé un carnet de notes, genre journal intime, dans la doublure du fond de son sac de voyage.
Ils sont cons les gens, non ? Quand ils veulent cacher quelque chose, ils vont juste le fourrer là où un douanier, un flic, un... moine ira regarder en tout premier : la doublure du fond du sac de voyage. Soit ! J'ai trouvé ça dans le carnet, alors je l'ai photographié. Et ni vu ni connu, j'ai tout remis en place en moins de temps qu'il n'en faut pour recoiffer un chauve.

*Il se passe la main dans les cheveux. Il attend d'avoir l'attention de tous. Il lit sur l'écran de son Iphone :*

12 février. L'accident a eu lieu le 12 février. Depuis lors, absence de toute activité consciente décelable alors même que le sujet est en état de veille. L'état correspond à des lésions étendues des hémisphères cérébraux avec maintien relatif du fonctionnement du tronc cérébral.

*Il regarde le public. Il répète :* ***fonctionnement du tronc cérébral***

Nom d'un chien ! Voilà qui vous met l'eau à la bouche, non ? Plus loin...

*Il glisse le doigt sur l'écran de son Iphone. Il lit :*

Il ne peut respirer sans aide. Il n'a pas d'activité consciente, pas de perception de lui-même et de son environnement, et donc pas de pensée.

Alors. Hein ? Plus loin...

*Il glisse le doigt sur l'écran de son Iphone. Il lit :*

Il est trop tôt pour le dire, mais le pronostic vital est toujours engagé.

Vous vous rendez-compte ? J'ai ici un paquet d'indices qui feraient baver l'autre, là. La **security manager**... de mes deux... Ça réveille, non ? Et j'ai tout là, sous les yeux. Il tient des fiches de renseignement, des dossiers confidentiels. Je suis certain qu'il vend ces renseignements à la concurrence. Il dit même comment les tests sont validés. Ici, tiens !

*Il glisse le doigt sur l'écran de son Iphone. Il lit :*

C'est avec la plus grande prudence que je dis cela, mais la modification des battements cardiaques en réponse à une stimulation sonore est un bon indicateur de l'état de conscience et il semblerait que ce soit le cas durant les moments de lecture.

Alors ? Vous en dites quoi ? J'ai tout là.

*Il crie, il s'emballe*

J'ai tout là, je vous dis. J'ai tout photographié !

*Il invective un spectateur au 1$^{er}$ rang*

Quoi ! Tu ne me crois pas ? Tu crois que je perds les pédales ou que j'ai snifé ? Je suis **CLEAN** mon gars. **CLEAN** ! Tu entends ?

*Il croit que quelqu'un l'attrape par l'épaule, par derrière, et se dégage brutalement*

Lâche-moi, toi. Lâche-moi je te dis.

*Il se retourne et se rend compte qu'il n'y a personne.*

Qu'est-ce qui m'arrive, là ?

*Il se prend les tempes dans une main, comme s'il avait la migraine.*

Qu'est-ce qui m'arrive ? Ça doit être le manque de sommeil, ou un truc comme ça. Ou toutes ces saloperies de fromages qui vous tombent sur l'estomac.

Revenons à notre enquête. Ça va me retaper. Bon, donc j'ai tout là…

*Il montre l'Iphone. Il tapote l'écran.*

Mais, est-ce que ça veut dire qu'il vend des trucs à la concurrence ? Pas sûr ! Il dit *C'est avec la plus grande prudence que je dis cela,* **La plus grande prudence !** Et il parle *des moments de lecture*. Là ça devient glauque. A tous les coups, c'est un code.

*Il compte sur ses doigts*

Primo un gars dans le collimateur de son employeur, secundo j'entends des trucs sur lui quand j'ai la tête dans le frigo, tertio il vient passer le week-end du 1er mai dans **MON** abbaye et… cerise sur le gâteau, il parle de **la plus grande prudence**. Moi ça m'excite, ça m'intéresse, ça me dope, ça…

Bon. On se calme. Je vais aller noter tout ça dans mon bureau. … Dans ma chambre. … Dans ma cellule.

*Il semble chercher son chemin, puis s'assied sur le prie-Dieu.*

J'aurais bien commencé quelques recherches complémentaires et trouvé une bonne excuse pour me faire remplacer au marché demain, mais j'ai un rendez-vous que je ne peux pas rater… Ce con de rouquin.

NOIR – RIDEAU

**Scène 4**

*Même décor que scène 3. Face au public, un grand écran sur lequel se trouve une session de Skype prête à être lancée.*

*Frère Thomas sort le petit recueil de sa poche. Il cherche la bonne page. Il prend son temps.*

Voyons voir. Chapitre 17. Combien on doit dire de Psaumes à ces heures de l'Office?

*Lecture monocorde, rapide, mais audible :*

Après avoir prescrit l'ordre que l'on doit observer aux Offices de la nuit et du matin, il faut parler des autres heures. On commencera Prime par le Verset **Deus in adjutorium meum intende** ; on dira l'Hymne ensuite, puis trois Psaumes qui seront séparés par le Gloria Patri ; on y ajoutera une Leçon, un Verset, Kyrie Eleison, et on finira de la sorte. **Deus in adjutorium meum intende**

*Il interpelle le public.*

Alors ? Hein ? On sèche ? Pas un seul latiniste ce soir ? Bon alors, regoogle, ça veut dire : **Oh Dieu, venez à mon aide !** Oui, dieu ! Viens à mon aide. Je ne vais jamais arriver à retenir tout ça pour la semaine prochaine. Et l'examen approche. Il était un peu olé olé notre St Benoit.

*Il continue à lire*

On gardera la même manière à l'Office de Tierces, de Sextes, de Nones : on les commencera par le Verset 33; on dira l'Hymne de ces heures ; elle sera suivie de trois Psaumes, de la Leçon, du Verset, de Kyrie Eleison ; et on finira là. Dans les Communautés nombreuses, on dira les Psaumes avec Antienne ; dans les autres, il suffira de les réciter **sans Antienne**.

*Il tourne son index à hauteur de sa tempe, pour inciter les gens à réfléchir, à se souvenir*

**Sans Antienne, avec Antienne**... OK, on se rappelle?

*Il continue à lire*

On dira quatre Psaumes **avec Antienne** à l'Office du soir ; ensuite la Leçon, le Répons, l'Hymne, le Verset, le Cantique de l'Évangile, le Kyrie, et l'Office finira par l'Oraison Dominicale. On dira trois Psaumes **à Complies** – à Compliiiiiiies –

*Même geste. Il tourne son index à hauteur de sa tempe, pour inciter les gens à réfléchir, à se souvenir*

d'une manière simple et **sans Antienne**. – SANS antienne -

*Même geste*

Ces Psaumes seront suivis de l'Hymne propre à cette heure, de la Leçon, du Verset, du Kyrie, et de la Bénédiction, après laquelle on se retirera.

*Il laisse tomber les bras. Epuisé. Le petit livret toujours à la main.*

**Chatal kornek** ! – ça veut dire **troupeau cornu** en breton, ma préférée - On se retirera. J'espère bien qu'on se retirera. Je n'y arriverai jamais, je le sens. Pour le moment, je suis les autres comme un p'ti mouton de Panurge : Amen par-ci, capuche par-là, on avance, on recule, comment veux-tu, comment veux-tu, que je... ne me trompe pas.

*Il ricane.*

Mais dans une semaine, mon gaillard, tu vas devoir te décider. Fini de faire semblant que tout roule. Ou tu passes ton examen de *Frère Thomas qui a tout compris de la Règle de St Benoit* et tu restes ici en bénédictin, ou tu retournes faire le charlot dans la vie profane. Au chômage quoi ! Ça m'étonnerais qu'on me reprenne à la Brigade, avec le dossier qu'ils ont sur moi…

*Ça sonne. C'est Skype qui appelle. Il remet son recueil en poche, se lève et se tient face à l'écran géant. Il explique au public*

C'est Monique, ma sœur jumelle. On s'appelle une fois par semaine sur Skype. On se charrie, on se raconte tout, on s'aime…

*Projection du film (conversation avec sa sœur).*

Monique : Dis, mon Jeanou, tu as encore fait des tiennes ou quoi ?

Frère Thomas : Des miennes?

M : Je viens d'avoir de la visite.

FT : Sympa ou pas?

M : Moyen.

FT : Moyen comment?

M : Moyen comme un gars avec une bonne tête, mais qui m'a laissé entendre que tu pourrais avoir des ennuis.

FT : Genre?

M : Genre que tu serais encore en train de fourrer ton nez dans les affaires des autres ?

*Il prend l'air offusqué et se tourne vers le public*

FT : **MOI** ? Mon nez dans les affaires des AUTRES ?

M : Arrête !

FT : Raconte. Du factuel, pas du parano, please.

*Il se tourne vers le public et lui fait des confidences*

Regardez ce sourire! Elle est pas belle, ma jumelle ? Elle me rappelle notre mère lorsqu'elle pardonnait par avance toutes les conneries que nous faisions, ma sœur et moi, avant nos dix ans, quand nous vivions encore dans cette maison qu'elle occupe aujourd'hui avec Lucien, mon *beauf-pharmacien*, que j'adore aussi par ailleurs, même s'il est parfois un peu psycho rigide et si nos plaisanteries de potache ne le font pas toujours rigoler.

M : Il a sonné à la porte. Il t'a demandé. Je lui ai ouvert.

FT : Il a dit Jean Lenormand?

M : Non, il a dit *votre jumeau qui se fait appeler Frère Thomas.*

FT : Et ?

M : Il a dit que tu ferais bien d'arrêter de mettre ton gros nez où il ne faut pas et il m'a dit de te lire un truc…

FT : Quel truc?

M : Attends, je cherche son papier. Voilà. Il est écrit : *Le laboureur en son champ dirige les travaux, et ce n'est pas à y perdre son latin.* Et c'est signé *Le Rouquin maudit.*

FT : Le con ! C'est Quentin Libert, de la Brigade. *Rouquin maudit…* Je l'avais surnommé comme ça parce qu'il n'arrêtait pas d'avoir des emmerdements avec la hiérarchie et qu'il était roux.

M : Et ça veut dire?

FT : **Sator Arepo Tenet Opera Rotas**, en latin. C'est un carré magique. Tu inscris les mots les uns en dessous des autres et tu peux les lire dans tous les sens. Je ne connais pas trop le latin, mais les carrés magiques, j'adore!

M : Attends une seconde

*Frère Thomas, à part, au public*

Je suis certain qu'elle est en train d'essayer de placer ces mots en carré, les uns en dessous des autres, et que dans une seconde elle va me dire *T'as raison, ça marche...*

M : T'as raison, ça marche.

FT : Bien sûr que ça marche, si je te le dis.

M : Et quoi ?

FT : En gros, ça veut dire que la croix tient tout le monde, donc, en clair, que l'Eglise a toujours du pouvoir.

M : Et qu'est-ce que ça vient faire avec toi, à part que tu as viré moine?

FT : Sans doute que je dois arrêter de fourrer mon nez dans certaines affaires du clergé...

M : C'est ce que tu fais ?

FT : Non. Enfin, pas vraiment. J'avais un dossier chaud à la brigade et de temps en temps je continue le suivi. De loin. Rarement. Quand je trouve des trucs qui viennent bien s'y coller, tu vois ?

M : Tu ne changeras jamais.

*Monique pousse un gros soupir et fait une grimace résignée : les lèvres pincées, la bouche tordue vers la gauche, la tête bougeant de gauche à droite et les épaules qui se soulèvent et retombent dans un mouvement d'impuissance.*

FT : Ce qui est bien avec Skype, c'est qu'on peut voir les grimaces qui vont avec le son.

M : Même entre les 4 murs d'une abbaye, tu arrives encore à t'attirer des emmerdes ?

FT : Et il avait l'air comment Quentin ? Il allait bien ? Il a dit autre chose ?

M : Oui, il avait l'air d'aller plutôt bien, mais il parlait tout bas comme s'il avait peur qu'il y ait des micros chez moi. Il est resté à peine trois minutes. Il m'a donné le papier, m'a dit de te le lire mot à mot et aussi qu'il serait samedi prochain au marché d'Avallon, à la terrasse du Bar de l'Hôtel de Ville jusqu'à 13 heures.

FT : Il n'a pas laissé un numéro où on pouvait le joindre?

M : Non. Il m'a dit aussi qu'il n'était plus sur Paris pour le moment. Que tu comprendrais.

FT : OK. Merci sœurette. T'inquiètes ! Rien de grave sûrement. Quentin a toujours eu le chic pour le mélo.

M : Sois prudent mon Jeanou, et arrête…

FT : Quoi ? De fourrer mon nez dans les affaires des autres ?

*Elle rit.*

M : Oui. Surtout sous les jupes des curés.

FT : Il y a bien longtemps qu'ils n'ont plus de jupes, les curés.

M: A tout bientôt. Tu m'appelles? Et sois prudent.

FT : Oui, tu l'as déjà dit. Plus prudent que moi tu meurs.

*Il ricane.*

FT : Allez. A toute. Embrasse les gamins et Luchien le pharmachien. Je t'aime.

Monique: Moi aussi je t'aime.

*L'écran revient sur le logo de Skype, puis passe au noir.*

NOIR - RIDEAU

**Scène 5**

*Même décor que scène précédente, l'écran toujours là mais éteint. Frère Thomas est assis sur le prie-Dieu. Il lit à voix haute et monocorde*

Chapitre ickx elle (XL). Ça veut dire 40, pas extra-large, hein!

*Il rit de sa bonne blague*

**De la mesure du boire.** C'est le titre.

*Il relève la tête et commente en levant un doigt*

Là ça devient rigolo. Chacun a reçu de dieu un don qui lui est propre ; en sorte que la disposition de l'un n'est pas celle de l'autre. Bla bla bla

*Il murmure inaudible, bla bla bla*

Néanmoins ayant égard à la qualité des personnes faibles, nous estimons qu'un demi-setier de vin par jour peut suffire à chaque Frère.

*Il explique*

Setier, c'est une ancienne mesure de capacité **de valeur variable.**

*Il répète*

De **valeur variable.** Suivant les époques, les régions et la nature des marchandises mesurées. Tu imagines la précision de St Benoit, dis ? Le setier a une **valeur**

**variable** et tu peux en avoir un demi par jour. Dingue !

*Il continue à lire en ricanant discrètement*

Ceux qui ont reçu de dieu la grâce de s'en passer, doivent savoir qu'ils en recevront une récompense particulière. Si néanmoins la situation du lieu, la nature des travaux, la chaleur de l'été, exige quelque chose davantage, il dépendra **du Supérieur** de l'accorder, se souvenant toujours qu'on ne doit commettre aucun excès ni dans le boire ni dans le manger. Bla bla bla

*Il murmure inaudible, bla bla bla*

Quoique nous lisions que le vin ne convient point aux Moines, puisqu'il est écrit que l'usage du vin porte même les plus sages à abandonner dieu (Ecclésiastes, chapitre 19) et comme dans nos temps il n'est pas possible de le leur persuader, au moins, si nous accordons quelque chose en cela, que ce soit en petite quantité. Et bla bla bla et qu'ils demeurent en paix, au lieu de murmurer et de s'en plaindre : sur quoi nous vous avertissons, par-dessus toutes choses, de ne vous laisser aller jamais au murmure.

*Il répète « ne vous laisser aller jamais au murmure ».*

Poétique, non ? Et il l'a dit St Benoit : *Si néanmoins la situation du lieu, la nature des travaux, la chaleur de l'été, exige quelque chose davantage, il dépendra **du Supérieur** de l'accorder*. Eh bien, **notre Supérieur, le Père Philippe**, chic type s'il en est, nous laisse carte blanche pour estimer nous-mêmes de combien de verres nous avons besoin par jour. Cool, non ? En fait, c'est le chapitre 40 que je préfère de tout ce petit bouquin.

*Il le remet dans sa poche.*

Bon. C'est pas tout ça. On n'a pas la soirée devant nous

et je dois encore vous raconter un truc pour que vous compreniez la chute de l'histoire. Enfin, j'espère.

*Il rit*

D'abord, merci de noter que l'auteure de cette pièce est une femme, déjà. Ça il faudra s'en souvenir à la fin. Pas un truc simple, net, limpide, comme si un homme l'avait écrite. Non, un bazar comme une bonne femme peut l'imaginer. Complexe, tordu, mystérieux... Mais bon, vous verrez bien, moi je vous aurai prévenus.

*Il se tait. Longtemps.*

Attention, ici on pleure.

*Il rit.*

Donc, je vous raconte. Il se trouve à Avallon un musée qui rassemble des objets d'un grand intérêt historique. Le conservateur a demandé qu'on l'indique dans les dépliants publicitaires de l'Abbaye, sur nos petites affiches à l'entrée, et... et......

*Il attend, comme si quelqu'un allait lui donner la réponse*

Et.... Dans notre site web, la la la. Et qui est le web master, pour ceux qui ont suivi tout à l'heure ?

*Il attend encore un peu. Il se frappe la poitrine.*

C'est bibi. C'est donc moi qui devait aller voir le conservateur, lui poser des questions sur tous ses machins historiques, faire une ou deux photos et tchao. Je me suis dit : voilà une super occasion de tirer les vers du nez de mon gros copain le moine sur les affaires pas très catholiques.

*Il rit de sa blague*

Pas très catholiques... Bon, ok, je continue.

Sur les affaires pas très catholiques dans lesquelles il aurait trempé avec Lazare quand il était antiquaire. Semblant de rien, je lui ai proposé de jouer au conseiller technique pour l'interview du musée. Je lui ai glissé dans l'oreille que nous irions ensuite prendre une petite collation au Moulin des Templiers, sur le chemin du retour. Il était ravi.

Nous voici donc partis à deux découvrir les richesses du fameux musée d'Avallon. Frère Dominique adore conduire. Moi j'adore rêvasser. C'est donc lui qui a pris le volant et j'ai commencé, l'air de rien, à papoter de choses et d'autres avec lui pour l'amener à me parler de sa vie d'avant. Et vous savez à quel point je suis doué pour tirer les vers du nez de mes contemporains, même si – et je dois bien l'admettre – Frère Dominique est resté relativement laconique à l'aller, pas dupe de mon petit manège pour éplucher sa vie privée.

A ce moment-là, je ne savais pas encore que celui qui allait être confronté à son passé c'était moi et que ce serait dans un véritable électrochoc.

*Il devient sérieux. Se prend la tête dans les mains. Hausse les épaules.*

Ça s'est produit alors que nous avions terminé notre rendez-vous avec le conservateur et pris quelques photos utiles. Frère Dominique m'avait précédé vers la sortie du musée et devait déjà se trouver au volant pour rejoindre au plus vite notre halte gastronomique. Soudain, comme j'allais refermer la porte derrière moi, j'ai fait deux pas en arrière et regardé plus attentivement un petit tableau sur ma droite sur lequel venait de glisser un rayon de lumière à travers les vitraux. Je dis un tableau, mais il s'agissait plus exactement d'une photo en noir et blanc.

*L'écran s'allume. La photo apparaît dans le dos de*

*Frère Thomas qui ne s'en aperçoit pas. Il décrit.*

L'artiste avait mis en scène une jeune femme nue sur un rocher, dans une pose qui suggérait la petite sirène de Copenhague. Et cette jeune femme nue et pudique m'hypnotisait. J'ai d'abord détaillé une jambe adroitement repliée qui masquait son sexe et son sein gauche comme pour mieux attirer l'œil vers un sein droit offert... J'ai dévoré des yeux cette naïade dénudée, une main négligemment posée sur la cuisse droite, le regard triste, si triste, perdu dans le lointain. Et j'ai affronté son visage...

Mathilde. Ma Mathilde. L'amour de ma vie.

Une vague d'émotions m'a submergé. Je me suis senti glisser entre les rochers sombres en premier plan, au bord de l'évanouissement. Tout m'est revenu en pleine figure. Mathilde, la plus grande douleur de ma vie. Ma déchirure. Ma honte aussi. Celle dont je laisse entendre d'un air désinvolte qu'elle n'est plus de ce monde – je suis veuf, dis-je lorsqu'on me pose des questions sur ma vie d'avant - alors que tel un légume elle repose en coma profond sur un lit d'hôpital à Paris. Près de Notre-Dame. De sa chambre, on peut entendre les cloches. C'est ce qu'on m'a dit. Je n'y suis jamais allé. C'est trop dur. Je n'y arrive pas. On ne sait même pas si elle se réveillera un jour. Quelle merde, la vie!

Pour tenir le coup, après l'accident, je suis allé au plus profond de ma noirceur récolter les débris qui pouvaient peut-être me permettre de comprendre. Pas m'accepter. Pas me pardonner. Juste comprendre. Comme lorsque dans mon métier d'avant, sur une scène de crime particulièrement odieux j'attendais les conclusions des experts, légistes et autres blouses blanches, qui allaient m'expliquer ce qui s'était passé. Depuis toujours, comprendre me permet de prendre du recul. J'ai toujours dressé le barrage de la raison face à mes émotions. Et dans le hall de ce musée, à Avallon, pendant que mon gros copain de moine m'attendait dehors, je suis resté hypnotisé par cette main fine et diaphane posée sur la cuisse. Mathilde avait ce geste, le pouce légèrement écarté, lorsqu'elle repliait les jambes sous elle dans le divan de notre salon, les rares fois où je prenais la peine de discuter avec elle. La plupart du temps, nos échanges se terminaient en dispute. Surtout juste avant que... juste avant que ça se termine mal sur la route.

Je ne lui ai fait que du mal.

*Il se tait. Il est en colère, sur lui-même. Il tape du pied.*

Je sais aujourd'hui à quel point j'étais orgueilleux, empreint de suffisance, de prétention, de morgue... à quel point j'étais responsable de nos bagarres quotidiennes. Elle voulait avoir raison. Je ne l'y autorisais pas. Lui donner raison c'était me donner tort. Il n'en était pas question.

En fait, je n'étais pas orgueilleux, j'étais vaniteux. J'étais atteint de cette maladie perverse qu'est la vanité, ce besoin irrépressible d'être approuvé par les autres, de trouver un remède bienfaisant à travers les éloges, seule médication capable de panser mes incertitudes. Mais elle restait en retrait. Froide et distante, c'est ça. Comme cette sirène sur son rocher. Froide et distante pour supporter ma petitesse, mes démons, mon incapacité à la rendre heureuse... J'ai vraiment été un abruti. Je le suis sans doute toujours, mais je travaille sur moi pour ne plus faire de mal à quiconque. Enfin, j'essaie.

Mathilde. Ma Mathilde. L'amour de ma vie. Je sais que j'ai laissé mon inconscient me jouer des tours l'autre jour au musée. Ce n'était, sur ce rocher, qu'une jeune femme superbe qui lui ressemblait comme deux gouttes d'eau, sirène immortelle sous l'objectif d'un artiste doué. J'étais là, dans un état second, incapable de détacher mon regard de cette photo et face à mes souvenirs j'ai laissé ce jour-là couler mes larmes. Je les imaginais rejoindre la surface de l'eau et clapoter autour des rochers. Je me suis éloigné à reculons vers la porte. De retour dans la voiture j'ai repris ma place côté passager. Frère Dominique m'a regardé d'un air inquiet. Je devais avoir une tête à faire peur. J'ai essuyé une dernière larme sur la manche de ma soutane.

Il m'a dit : *ça va ? J'ai répondu : ça va ! J'ai pris un coup de passé en pleine figure. J'ai cru reconnaître ma femme sur un tableau et j'ai craqué.* Et d'un coup, j'ai vraiment eu envie de lui déballer la vérité, mais j'ai barricadé mes confidences.

*Il ricane*

En un éclair, je l'ai imaginé aller ragoter à qui voudrait l'entendre, tout en touillant dans le lait caillé : *Vous savez, Frère Thomas n'est pas veuf. Il a esquinté sa femme dans un accident de voiture en étant camé et il est ici parmi nous pour oublier qu'elle est dans le coma et qu'il n'a nulle envie d'aller la voir.* Bon. Il ne dirait sans doute pas les choses comme ça, mais je me suis obligé, comme d'hab, à imaginer le pire pour parvenir à la boucler. Lâcher prise ? Parler vrai ? Faire confiance ? **NON** ! Pas question ! Je la bouclerai !

*Il invective le public. Se retourne vers l'écran. Le regarde une dizaine de secondes. L'écran s'éteint. Il se remet face au public.*

Même à vous je n'aurais jamais dû raconter ça ! Je voulais juste vous dire qu'après le restaurant avec Frère Dominique, ça ne s'est pas très bien passé. Je me suis dit : *Allez ! Comme de retour au 36 Quai des Orfèvres.*

*Finis les apitoiements. Si tu veux en savoir plus sur lui, c'est maintenant. MAINTENANT !*

Et comme on dit chez nous dans la parlure de Quiberon : *Allez Lenormand !* ***Arrête de keuch'ter.*** ***Arrête de te plaindre****, nom de dieu ! Fais-le parler !*

*Il se met à genoux sur le prie-Dieu*

    **Bande son : Une voix de femme, genre « psy apaisante »**

La première réaction à un décès est souvent le refus d'y croire. On ne comprend pas ce qui se passe. Je pense que c'est ce déni qui nous protège, pendant un certain temps, de la violence de la douleur. On continue certains gestes comme si rien n'avait changé. On met deux assiettes pour le souper, par exemple. Garder sa place à table, c'est faire comme si elle était encore là. Laisser la réalité nous rattraper, c'est s'autoriser à continuer à vivre alors que l'autre est partie. Pour toujours. Elle nous manque. Nous avons partagé tant de choses avec elle. C'est douloureux. Insupportable. Nous avons perdu une partie de notre vie. On ne peut rien y faire. Alors vient la colère.

    *Frère Thomas se relève du prie-Dieu et se dirige vers le fond de scène. Il ouvre un rideau. On découvre un lit d'hôpital équipé (écrans de monitoring, Baxter, ...). Il continue son récit en marchant très lentement*

J'ai gardé ma tête d'enterrement. J'étais suffisamment bouleversé pour tirer sur la ficelle des émotions et faire entrer Frère Dominique en empathie avec ma propre histoire. J'ai espéré qu'à un moment il allait se sentir tellement malhonnête qu'il allait me faire des confidences. C'était réglé comme du papier à musique. Je retrouvais mes vieux réflexes. Ça faisait du bien. Je l'observais en biais. Ses mains serraient le volant trop fort. Ses jointures avaient blanchi. Des mains de femme ? Frère Dominique a des mains de femme ? Frère Dominique... ou bien Mathilde ? Tiens, c'était qui qui conduisait après le restaurant ?

*Il s'arrête près du lit. Il se retourne vers le public. Se prend la tête entre les mains.*

Je me souviens. C'est elle. J'avais trop bu surement. Je pensais : *Je ne la lâche plus. Si elle doit craquer, c'est maintenant. Le gros morceau. Après, ce sera du détail. Elle doit lâcher prise **maintenant**. Elle doit m'avouer qu'elle va me quitter.* Je me souviens. Je lui ai pris le bras et j'ai tiré dessus **pour qu'elle me regarde** ! **Nom de Dieu !**

*Un grand bruit d'accident. Fracas. Tôles froissées. Il se couche dans le lit et tire le drap sur lui, jusque sous son menton. On entend le bip bip du monitoring, puis le signal continu de l'arrêt des constantes vitales.* ***Voix off d'un appel micro dans un hôpital*** *: On demande le docteur Tony Taminiau aux soins intensifs. Le docteur Taminiau est demandé d'urgence aux soins intensifs !*

NOIR - RIDEAU

**Scène 6**

*Bruitage « cloches » en sourdine.*

*Le lit est en avant-plan avec Frère Thomas sous le drap, Baxter dans le bras, un respirateur, des tuyaux partout. Le bip bip du monitoring a repris.*

*L'écran est allumé à l'arrière-plan avec le logo Skype. Une session démarre. C'est Monique, la sœur jumelle. Elle parle au public.*

Il est toujours dans le coma. On a failli le perdre hier. Mais ils sont formidables aux soins intensifs de l'Hôtel Dieu à Paris. En plus, ce petit bruit de fond avec les cloches, c'est comme si le ciel prenait soin de lui. Heureusement qu'il ne m'entend pas. Il serait furax. Athée de chez athée le frangin.

Il serait encore plus furax s'il savait que j'ai demandé au Père Philippe, l'aumônier de l'hôpital, de le visiter chaque jour. Il m'a dit qu'il lui lisait la Règle de St Benoit. Il paraît que ça apaise les grands blessés.

Le chirurgien qui s'occupe de lui est chouette, bien qu'un peu jeune. Le docteur Tony Taminiau. Il me fait penser à mon fils, Alexis. Un grand gamin qui veut se donner l'air sûr de lui. C'est lui qui a géré la greffe de foie. C'est un organe vital, mais il paraît que les greffes de foie, ça se fait de plus en plus.

J'ai discuté avec Mathilde, sa femme, ma belle-sœur, hier, après que nous avons cru... qu'il allait nous quitter. Elle s'en sort bien. Deux côtes cassées et quelques ecchymoses par-ci par-là. C'est lui qui a tout pris. Les pompiers ont mis un temps fou à le désincarcérer. Il n'était déjà plus conscient lorsqu'ils l'ont transporté.

Elle m'a dit qu'au restaurant il était super excité. Ils étaient allés manger un morceau au Moulin des Templiers et il n'arrêtait pas de dire qu'il avait trouvé une piste. Toujours ce dossier qui l'obsède depuis qu'il a été mis au placard et qu'il refuse de lâcher. Un truc glauque sur des actes de pédophilie. Il aurait eu des infos sur un Evêque, un certain Dominique Colot qui aurait dissimulé des pièces du dossier Lazare. C'est comme ça qu'il avait baptisé l'affaire. Il disait : *Je l'ai appelée Lazare, parce que je pense que je peux faire revenir ces gosses d'entre les morts une fois que j'aurai chopé leurs tortionnaires.*

Il n'arrêtait pas de répéter que Quentin, son ex-collègue *le Rouquin Maudit*, comme il l'appelle, avait aussi trouvé quelque chose et que depuis il avait disparu.

Mathilde pense que ce n'est pas un accident. La camionnette qui les a doublés les a volontairement poussés dans le ravin. Elle en est certaine.

Hier, un drôle de gars a rendu visite à Mathilde. Un petit sec à lunettes rondes, pas très sympa. Il était envoyé par l'Evêché de Paris. Il lui a demandé si les noms de Lazare ou de Colot lui disaient quelque chose. Elle a dit *non*. Il lui a demandé si Jean avait déjà parlé d'une Abbaye près d'Avallon. Elle lui a dit *non*. Elle a bien fait.

Les dossiers sont dans mon coffre à la pharmacie.

Si mon petit frère ne s'en sort pas, Mathilde et moi on brûlera tout. S'il sort du coma, il récupèrera les photos et il continuera son enquête. Je le connais. Flic un jour, flic toujours.

Et comme il dit souvent pour rigoler : *si ça continue, je vais me faire moine. On m'appellera Frère Thomas. Parce que Frère Thomas doute de tout et cherche des preuves.*

Et puis, on dira : Frère Thomas ne se repose jamais...

NOIR - RIDEAU - F I N

Josiane Wolff

# Broeder Thomas rust nooit

**Theater**

**Scène 1**

> *Een verlicht glasraam. Een monnik zit (niet op z'n knieën) op een bidbank.*
>
> *Op de achtergrond het klokkengeluid van de kathedraal.*
>
> *Dit vermindert zachtjes terwijl de monnik een beduimeld zakboekje met ezelsoren uit de zak van zijn pij haalt. Hij zoekt de juiste pagina maar neemt hiervoor zijn tijd.*

Laat ons kijken. Hoofdstuk 13. Of, hoe noemt men het ochtendofficie op de andere dagen van de week ?

> *Hij heft het hoofd op en laat zijn blik duidelijk dwalen over het publiek.*

Bon, ik leg het jullie uit: de andere dagen van de week dit betekent alle dagen behalve de zondag. Hier is de zaterdag een weekdag... OK?

> *Vlug, monotoon maar zeer duidelijk:*

We beginnen het ochtendofficie elke dag van de week met psalm 66. We dreunen die af zonder te zingen zoals dit gebeurt op zondag en we doen het voldoende traag zodat alle monniken voldoende tijd hebben om ondertussen psalm 50 te vinden die wel gezongen wordt. Deze psalm wordt dan gevolgd door twee andere zoals we het altijd doen, te weten: op maandag psalm 5 en 35; op dinsdag zijn het de psalmen 42 en 56; op woensdag zijn dat 63 et 64; de donderdag zijn 85 en 89; op vrijdag zijn het 75 en 91 en op zaterdag psalm 142 met de lofzang van Deuteronomius die evenwel in twee gesplitst wordt en waar men telkens het Gloria op het einde van elk deel reciteert. Op de andere dagen neemt men dan het lied van de Profeten zoals de Rooms-katholieke Kerk ze elke dag zingt. Vervolgens citeert men enkele lofzangen, een Brief van de apostel (uit het hoofd), het Woord van het Evangelie, een toelichting en een hymne om te eindigen met het gebed.

*Hij kijkt op en laat zijn blik dwalen over het publiek; hij neemt zijn tijd, zucht even, haalt zijn schouders op en herneemt luidop zijn lectuur.*

Voor de rest mag men de gebedsdienst, zowel die van 's morgens als die van s' avonds, nooit beëindigen zonder dat Vader Abt met luide stem de Orderegels *opdreunt* zodat iedereen dit hoort en dat iedereen nog eens goed door heeft dat de woorden *"Vergeef ons onze zonden zoals wij anderen die zondigen ook vergeven"* tot een nooit aflatend engagement verplichten, en dat elkeen zich moeten hoeden voor schandalen en onderlinge twisten, zoals dit dikwijls het geval is in andere kloosters, en die woekeren als onkruid. Tijdens de andere gebedsdiensten volstaat het om hardop de laatste regels te bidden zodat het koor dan kan antwoorden met *sed libera nos a malo*.

*Hij heft het hoofd, richt zijn blik op het publiek en glimlacht.*
Dit betekent: **behoed ons voor het kwade**.

*Hij herhaalt dit, goed articulerend*

**Sed libera nos a malo**. Dit wil zeggen: behoed ons voor het kwade, ik weet het! Ik heb daarvoor eens gegoogeld en de vertaling gelezen. Jullie begrijpen toch wel dat ik het Latijn niet machtig ben, 't zou er nog aan mankeren!

*Hij glimlacht, sluit het zakboekje en stopt het in zijn zak. Hij staat op met veel moeite en het achtergrondgeluid van de klokken houdt nu op.*

*Zucht.*

Morgen zal ik ontsnappen aan de ochtenddienst.

*Hij grijnst.*

Morgen is het namelijk zaterdag en... de zaterdag ga ik naar de markt van Avalon. Ja, ja, ja, in Godsnaam...

*Hij houdt zijn hand voor de mond en kijkt gegeneerd naar boven.*

Oh pardon, ik wilde eigenlijk niet vloeken. Ik vind de zaterdag zalig.

*Hij trekt zijn pij wat recht.*

Dit ding hier, laat ik in de Abbaye des Pierres Levées en ik draag een jeans en een T-shirt

*Hij toont zijn typische paterssandalen en z'n blote voeten.*

In jeans, en t-shirt **en... baskets**! En ik ga daar de lekkere bio-producten verkopen die wij hier bij ons maken.

Maar, oh ja, laat mij toe mezelf voor te stellen: Jean Lenormand, ik ben 51 jaar en ben afkomstig van Quiberon, dat ligt in Normandië. Raar hé, Lenormand heten en geboren zijn in Bretagne? Nu ja, 't is nu zo; dit zijn zo van die dingen die men niet uitvindt.

Ik heet dus Jean Lenormand, Jean omdat ik op de feestdag van de Heilige Johannes, zijnde 24 juni geboren ben. Een kind van de zomerzonnewende zegt men bij ons, soms zegt men ook wel een kind van het Grote Vuur of een zoon van Johannes de Doper.

**Maar noem mij maar Broeder Thomas.** Zo noemt men mij hier. Vroeger noemde men mij – met respect – **Mijnheer de Inspecteur**. Maar dit is lang geleden hoor, bijna twee jaar. **Mijnheer de Inspecteur van de**

onderzoeks- en interventiebrigade van de politieprefectuur van Parijs.
De antigangbrigade dus. Maar ja, dat was vroeger, dat was voor ik een kogel in de borst kreeg.

Vandaag dus noemt men mij Broeder Thomas en ben ik verantwoordelijk voor de kaasfabriek, ik teel biogroenten en dit alles verkoop ik dus elke zaterdag onder het aantrekkelijke label *Produits de l'Abbaye des Pierres Levées*, op de markt van Avalon, op 15 kilometer van hier.

*Hij geeft nu de indruk zijn gedachten wat te ordenen.*

Bon! Maar dat heb ik dus al allemaal verteld.

Met mij gaat het goed hoor, geen last meer van vroegere verwondingen behalve een snee van ongeveer tien centimeter onder mijn linker sleutelbeen.

*Hij probeert wat aan zijn pij te trekken om dat litteken te tonen maar slaagt daar niet in. Hij wordt wat lastig op de stof, zucht en laat het dan zo.*

Hoe ik hier beland ben, midden de bossen van de Morvan? Ik kwam hier om te herstellen. Het was Serge, die onnozele psycholoog van de antigangbrigade, die mij de weldaden van deze plaats heeft aangepraat...

*Hij trekt een grimas die aangeeft hoe onnozel hij de psycholoog vindt.*

"De grote gastvrijheid van dit hotelletje met zijn kabbelend beekje tussen de rotsen, het vormt een verblijf waar men nergens beter kan herstellen..." Of zoals Sigmund Freud al zegde: anderen zijn jou daar voorgegaan en ze zijn hersteld in minder tijd dan nodig!

Zeg het wel!!! Indien die onnozelaar zou vermoed hebben – ik zeg onnozelaar, maar 't is goed bedoeld hoor, ik mag Serge eigenlijk wel graag – dus, indien hij zou vermoed hebben dat ik die herstelkamer van het onthaalcentrum voor een kleine cel van de abdij zou inwisselen zoals nu...

*Hij wijst naar het glasraam van een kerk (abdij).*

En dat ik Broeder Thomas zou heten! Indien hij dat zou vermoed hebben, **die onnozelaar**! En ik dan nog! Bon. Noem mij Broeder Thomas. Ik ben Benedictijner monnik en heb dus hier rust en vrede gevonden.

*Hij zucht. Hij wordt wat agressief.*

Wat willen jullie nog weten ? Of ik uit mijn vroeger leven een vrouw heb die geduldig wacht tot ik mijn beslissing herbekijk en dat ik mijn vijftigjarige periode van atheïst pur sang terugvind? Wel neen, niemand wacht op mij.

Trouwens, ik ben weduwnaar, of toch bijna... en, dit is voorlopig alles wat ik jullie hierover voorlopig kwijt wil.

Noem mij dus, hoewel ik geen, voor monniken karikaturale tonsuur heb zoals jullie denken, Broeder Thomas.

Weet je, ik ga jullie een geheim verklappen: omdat ik er geen enkele behoefte aan had om me te laten tonsureren, heb ik mezelf een tonsuur geplaatst, namelijk ik heb mijn hoofd **volledig** kaalgeschoren en daarna heb ik mijn haar willekeurig terug laten groeien...

*Hij richt zich tot iemand op de eerste rij.*

En? Zie ik er niet goed uit misschien? Stoort het voor een monnik?

Oh, 'k trek het mij niet aan, ik vind dat het me goed staat. Meer nog, het geeft een zeker allure aan mijn fysiek: 1m85, een klein buikje als liefhebber van lekkere bieren, schouders die lichtjes afhangen maar... de **wakkere blik** van iemand die niet over zich laat rijden. En dan 's zaterdags, als ik in de plaats van mijn pij uitgedost ben in jeans en T-shirt gebeurt het niet zelden dat een vrouw naar me kijkt met een niet te miskennen blik van: wij zouden het samen niet slecht doen. Maar dan, als ze zich realiseert dat ik een monnik ben – ik maak dit zo vlug als mogelijk duidelijk om problemen te vermijden – wendt ze rood haar blik af als had ze midden op het marktplein een zonde bedreven. Dan moet ik altijd wat lachen maar het doet me natuurlijk wel plezier dat ik nog steeds aantrekkelijk ben. En dan, dan haal ik mijn onweerstaanbare glimlach boven, één die elke twijfel wegneemt en lijkt te zeggen *"Geen probleem hoor, dametje, iedereen kan zich vergissen"* maar die feitelijk laat voelen "Ben je niet beschaamd, vrouwmens, om een monnik te verleiden?" We mogen ons op deze verdomde aardkluit toch amuseren, hé?

*Nu praat hij op een vertrouwelijke toon.*

Nu we toch onder mekaar zijn, zal ik u een geheim vertellen. De werkelijke bedoeling die de Heilige Benedictus zijn monniken voorhoudt, is **de weg tot God vinden,** en daar is natuurlijk niets mis mee, ware het niet dat dit moeilijker is dan een naald in een hooiberg zoeken. Erger nog, als die naald al bestaat.

Jaja, je hebt het goed begrepen. Ik vertoef nu al meer dan een jaar onder de monniken en ik geloof nog altijd niet in God.

En moeten jullie nog iets weten nu we toch vertrouwelijk bezig zijn? Je moet ervan profiteren want het gebeurt niet vaak dat ik zo openhartig ben. En ik ben er bijna van overtuigd dat je met wat volgt het water in de mond krijgt. Ik beschik over een ENORME kwaliteit, een sterk punt, echt iets van mezelf, een gave als het ware: ik kan gemakkelijk vliegende leugens detecteren. Ik lach niet, hoor! Indien ik in mijn vorig leven geen flic zou geweest zijn, dan was ik zeker psycholoog geworden. Met één oogopslag weet ik of een gast me iets op de mouw speldt. Meer nog, na enkele minuten kan ik je zelfs zeggen of hij opzij gezet is door zijn vriendin of dat hij een slag aan het voorbereiden is. Er is een tijd geweest dat ik onklopbaar was bij het pokeren. Maar ja, dat was vroeger.

Bon, ik zal jullie nu maar laten want ik heb meer te doen dan dit. Ik moet namelijk nog een prijs kleven op mijn kaasbollen.

*Hij wordt weer agressief.*

**Welja!** De bouletten waar ik het over had worden gemaakt van koemelk en hebben een natuurlijk korstje. Ze worden hier gemaakt en ik wil ze morgen verkopen op de markt van Avalon. Heb ik al gezegd dat ik daar elke zaterdag naar toe ga? Ach ja, natuurlijke heb ik dit al verteld. Awel, ondertussen nog een laatste geheimpje misschien? Wil je bijvoorbeeld een groot gebrek kennen van Broeder Thomas? OK? Niemand is perfect toch? **Voilà**: ik hou er enorm van mijn neus in andermans zaken te steken. En omdat ik in feite tegelijk nieuwsgierig en achterdochtig ben, kan ik het niet verdragen dat ik iets niet weet, maar daardoor bevind ik mij soms in ongemakkelijke situaties en ben ik al in moeilijke papieren geraakt. Als je braaf bent, zal ik je dit weleens vertellen. Maar voor 't ogenblik gebeurt er hier voor mij niet veel. En het zijn ook niet de tientallen hoge kaderleden van de multinational Ergo Sum die hier vanavond in het hotel inchecken die mijn dag zullen overhoophalen. Ze hebben dit verblijf zelf gekozen en beslist om niet deel te nemen aan de religieuze diensten. Ze beschikken dus tijdens de vespers en de completen over de keukens, over een vergaderzaal en over een deel van de grote salon.

*Hij stopt en legt uit.*

Neem maar notities, dit kan je later nog van pas komen.

*Hij lacht, herpakt zich dan en gaat op ernstige toon verder.*

Bon. De veeeeespers, 't is te zeggen de gebedsdienst 's avonds tussen 17 et 18 u, maar soms een beetje vroeger in de winter want dan vlak na zonsondergang. En dan nog de compleeeeeten, het laatste gebed vlak voor het slapengaan. Maar ja, je moet weten dat de broeder die tot 22 u verantwoordelijk is voor de logées daarvan ontslagen wordt, de gelukzak. Jaja.

Wie zijn dat dan de gasten? Dit keer zijn het gehaaide jonge kaderleden die hier enkele dagen verblijven in de hoop dat de genade Gods hen zal helpen om hun zakencijfer aan te dikken zonder dat ze er zelf iets voor moeten doen. De onnozelaars! Maar ja, goed hoor, want dankzij hen mag ik mij bezighouden met de keuken.

*Een klein stil moment, dan trekt hij opzichtig een oogje.*

De keuken en... de bar. Jaja. En dan trekken we ons niets aan van de veeeeespers et de compleeeeeten! En juist, dit is dus het geval vanavond. Ja, ja. We zijn vrijdag. 'k Zal me bezighouden met de gasten. Ik vind het geweldig om me over hen te ontfermen.

HET DOEK VALT

## Scène 2

*Een barmeubel, loodrecht gericht op het publiek. Broeder Thomas zit gehurkt aan de ene kant, een koppel bevindt zich aan de andere kant.*

*De man:* Na twee maanden observatie weten we nog steeds niet hoever we staan. Ik denk dat we dit beter kunnen vergeten.

*De vrouw:* Inderdaad, voor 't ogenblik weten we niets. Maar ik ben ervan overtuigd dat we wel iets vinden. Hij is onze belangrijkste verdachte en ik kan je verzekeren dat dezen "typ" zich verdacht gedraagt. Vorige week is hij erin geslaagd een van onze beste schaduwers van zich af te schudden.

*De man:* Goed, ik laat je nog acht dagen en daarna sluiten we het dossier Tony Taminiau en zoeken we ergens anders.

*Broeder Thomas fluistert tegen het publiek.*

**Chuuuut.** Ik houd me zo stil als een muis. Ik voel dat de toon van het gesprek verhoogt en ik zou willen weten wat hen bezighoudt. Ik heb hen daarstraks al opgemerkt bij het onthaal, twee kaderleden van Ergo Sum die het met mekaar oneens leken te zijn. Ze willen één van hun werknemers laten volgen.

*Hij probeert van houding te veranderen maar blijft gehurkt.*

Verdorie, ik begin de kramp te krijgen.

*De man:* Als we zo voortdoen, moeten we straks nog voor de arbeids- of de strafrechtbank verschijnen wegens inbreuk op zijn privéleven.

*Broeder Thomas fluistert tegen het publiek.*

Hij is degene die de zaak wil laten schieten. Hij is ongetwijfeld de baas van die vrouw.

*De vrouw:* Maar we riskeren niets. Als we er zeker van zijn dat hij vertrouwelijke informatie doorspeelt aan de concurrentie, kunnen we hem ertoe brengen het bedrijf te verlaten zonder opzegvergoeding. Ik zou je niet aanraden om het tot een proces te laten komen. Als Security Manager ben ik bevoegd om de betrouwbaarheid van al onze kaderleden te toetsen en ik kan indien nodig steeds oordelen dat de observatie de zeven dagen niet overschreden heeft. Zolang de ingezette middelen in verhouding staan tot het beoogde doel is dit geen probleem. Laat ons er dit weekend van profiteren om hem genoeg te laten drinken zodat hij zelf iets lost.

*Broeder Thomas fluistert tegen het publiek.*

Voilà, we zijn er! Mevrouwtje is Security Manager en laat dat graag horen. Ze denkt dat haar alles gepermitteerd is, maar ja, alle vrouwen toch?

*De acteurs verlaten de scène.*

Ze zijn weg. Tony Taminiau? 'k Heb deze naam toch zien staan op de gastenlijst? 'k Zal eens gaan kijken in welke kamer hij verblijft. Affaire à suivre, zoals ze zeggen.

*Hij staat recht, strekt even zijn benen en neemt plaats aan de bar.*

Zie je wat er gebeurt? Ik ben hier, braaf in mijn rol van broeder, met mijn gedachten volop in de frigo's om de « fret » van het weekend voor te bereiden en kijk, het gebeurt weer met mij. Ik moet het weeral horen, die kleine confidenties over die gast die gevolgd wordt door de baas.

En dan denken jullie dat ik het ben die alles zoekt en

onderzoekt, hé? Neen hoor, helemaal niet, ik krijg hier zomaar met allerhande louche zaken te maken. Eens flic, altijd flic zeker? 't Is precies hetzelfde als dat geval met Broeder Dominique....

*Hij onderbreekt even, rekt zich uit en masseert even zijn rug.*

Broeder Dominique, een tamelijk corpulente monnik. 'k Heb hem graag hoor, maar ja, ik denk wel dat hij de zwaarste is van ons allemaal. En ja, 't was ook bij mij dat die anonieme brief toekwam....

Wil ik het jullie vertellen?

Hier in de abdij hebben we een speciaal systeem om de briefwisseling te bezorgen. "Broeder postmeester" zoals we hem noemen sorteert de binnenkomende post en schuift die dan onder de celdeur van de geadresseerde.

*Hij onderbreekt en wendt zich tot het publiek.*

Ah ja hé, hier spreken we van cellen. Als ik het over kamers zou hebben, dan klinkt dat veel te mooi. We hebben het daar enkel over met de gasten, da's onze marketingstrategie. Aan de kant van het hotel zijn het kamers, in de abdij zijn het cellen. Zie je? Bon, stop nu met mij te onderbreken want anders kom ik er nooit.

*Hij lacht met zijn eigen grapje.*

Maar het probleem met onze "Broeder postmeester" is dat hij aan een haast legendarische verstrooidheid lijdt zodat we vrij zelden de juiste post besteld krijgen, brieven die dus niet voor ons bestemd zijn.

En wat is mij overkomen? Ik kreeg een brief die feitelijk bestemd was voor Broeder Dominique. Zijn cel ligt rechtover de mijne. En 't is niet de eerste keer dat dit gebeurt. Ik dacht onwillekeurig: onze postmeester loopt weeral met zijn hoofd in de wolken...

Ik stond al op de gang om de brief onder de deur van de bestemmeling te schuiven toen een klein detail mij intrigeerde. De zogenaamde postzegel was getekend in blauwe balpen. En wat denk je? Een doodshoofd en twee gekruiste beenderen, je ziet...

*Hij tekent in de lucht een dooshoofd en twee beenderen in de vorm van een kruis.*

Dat is het vaste logo voor zaken die de dood veroorzaken als je ervan drinkt. GIF! Als je zo'n logo op een brief vindt...

*Hij tekent dit logo nog een in de lucht.*

GIF...

Ik ben onmiddellijk teruggekeerd, terug naar mijn cel om die verdachte brief eens van wat meer nabij te onderzoeken, met een vergrootglas namelijk. Wat denk je? Natuurlijk heb ik die brief geopend... Ja, bon, 't is zo, punt. Een postzegel in de vorm van een doodshoofd is toch een zaak die stinkt van kilometers ver? En ik moet toegeven dat ik Broeder Dominique graag mag.

Maar opgepast, denk niet dat ik dat zomaar gedaan heb. Eerst heb ik zo'n blauwe plastieken handschoenen aangetrokken, je weet wel, zulke die men in de keuken gebruikt en waarvan ik er dus altijd een paar in mijn zak heb, een reflex die ik overgehouden heb uit mijn vroeger leven. Ik heb dan een paar druppeltjes van mijn wonderproduct om brillenglazen te reinigen en God zij dank!

*Hij houdt zijn hand voor de mond en kijkt ten hemel.*

En oeps, de lijm loste bijna vanzelf en zo kon ik er de brief gemakkelijk uithalen. Een wit blad, zorgvuldig in vier geplooid met een niet mis te verstane persoonlijk boodschap ter attentie van Broeder Dominique. Geen twijfel dat dit zaakje weinig katholiek was!

*Hij glimlacht.*

Niet katholiek... op z'n minst. De afzender gebruikte om te beginnen een schrijfmachine. Zijn stijl was direct, zijn beledigingen waren gedetailleerd en de bedreigingen duidelijk. Als aanhef stond "onbeschrijfelijk vraatzuchtige" i.p.v. Broeder Dominique. En dan *"Je schitterende madam is zo gedegouteerd van je dat ze niet langer met je het bed wil delen, ze heeft je ingewisseld voor een sportleraar. Arme weduwnaar? Mijn gedacht. Zo te beklagen? Ik weet hoe de vork in de steel zit... Je zou je moeten schamen, stomme monnik. Vraatzucht is één van de zeven hoofdzonden, dat wel, maar wat nog veel erger is dat je eraan toegaf en daarvoor nu de rekening gepresenteerd krijgt. 'k Heb je al gezegd je grote mond te houden, stommerik".*

En verder: *"Je dacht zeker dat ik nooit meer zou vrijkomen uit de gevangenis? Goed geprobeerd, ventje, maar nu is het mijn beurt. Ik ben vrijgelaten en ik weet wel waar je je verstopt, daar diep in die strontabdij, Bernard Collot, en dat je Broeder Dominique laat noemen. Ik kom eraan Dominique, nique, nique, wees gerust. Ik zet je het betaald en 't zal in orde zijn."* Getekend: Lazare.

Om eerlijk te zijn moet ik toegeven dat Broeder Dominique een haast maniakale afwijking heeft als het om eten gaat. Hij kan eindeloos een lofzang afsteken over de zoetigheden die hij als kind verslond bij zijn grootmoeder. Het is alsof je het zelf beleeft als hij het heeft over "de kleur van honing die, afhankelijk van de rijpingstijd, verandert van lichtgoud naar koperkleurig. De hemelse smaak van gevogelte vermengd met de zachtzure room van geitenkaas die zalig je tong streelt. Het knapperige geluid wanneer je die overzoete lekkernij op het witporseleinen bord met je vork prikt".

De smeerlap! Als hij me over dit soort zaken vertelt, krijg ik bijna een culinair orgasme....

En als ik dan denk aan het moment waarop men hem zijn gal heeft moeten wegnemen, nu ongeveer een jaar geleden, en dat zijn enige bekommernis toen was hoe hij terug *"een beetje vettig"* zou kunnen eten... Hij was er pas helemaal door toen de behandelende chirurg hem verzekerd had dat, in tegenstelling tot bepaalde geruchten, ook zonder de gal, de vertering of het afgangsproces werkt en dat de lever een vetrijke maaltijd aankan. Maar ik veronderstel dat hij toch wel wat geschrokken was, de dikzak.

Terwijl we op een woensdagnamiddag samen in de kaasmakerij bezig waren, vertelde hij me dat, al drie dagen na zijn operatie. Hij kon het nog steeds niet laten zijn vinger in de kuip te steken om te proeven van *"de hemelse room met een natuurlijk korstje, onze specialiteit... "*.

Maar bon. Dat Broeder Dominique bezeten was van eten, verzot op lekkernijen, gulzig, eigenlijk zelfs vraatzuchtig en behept met allerlei boulimieplagen, zoveel is zeker. Maar wat natuurlijk ook zeker is, is dat ik helemaal niet wist dat zijn "madam" hem zou verlaten hebben voor een sportleraar. Hier is iedereen er namelijk van overtuigd dat Broeder Dominique zijn echtgenote verloor ten gevolge van een slepende en pijnlijke ziekte waarover hij liever niet praat. Nu ja, ook ik beweer weduwnaar te zijn... maar dat is een ander verhaal.

Bon, wat nog. Ik vroeg me alleen af wie die gek wel mocht zijn die hem zo bedreigt. Meer nog, wat zou dit eigenlijk wel willen zeggen « je eraan toegaf » ... Precies alsof mijn dikke vriend te maken heeft met een louche zaak?

Voilà, nu weten jullie waarmee mijn grijze hersencellen die toch wel al lang op non-actief stonden zich konden bezighouden. Broeder Dominique die belaagd wordt door een ex-gevangene die zijn vel wil... Het bloed kruipt waar het niet gaan kan. Normaal gezien zou ik heel beleefd de omslag terug gesloten hebben om die daarna zonder verder gevolg onder de deur te schuiven, maar natuurlijk was daarvan geen sprake.

Ik ben naar de tuin gegaan waar Broeder Dominique volop bezig was met het besproeien van de groenten en ik haalde de brief uit mijn mouw.

Ik hield hem tegen en zegde heel sec: "Hier, voor jou. 'k Heb hem gelezen. Je zit wel in de shit, hé".

*Hij onderbreekt en kijkt in het publiek, blaast zich wat op en glimlacht.*

Bewonder dit talent, door velen benijd: tact, fijngevoeligheid en respect...

Ik hield zijn verwonderende blik nauwkeurig in de gaten, die was donker maar vooral ongerust. Hij las de boodschap, plooide de brief terug in vier, stak hem in de omslag en liet die vervolgens in zijn borstzak glijden. Hij wendde zijn blik af en gromde van colère.

Voilà. Direct, maar doeltreffend. Zelfs al geeft hij mij nu in de volgende duizend jaar geen praat meer, we hebben in elk geval tijd gewonnen. Hij zegde alleen "Lees je altijd de brieven van anderen? Bravo. Schoon is 't ".

*Bij elke repliek verandert hij van plaats en doet een gesprek tussen twee monniken na.*

Ik antwoordde hem: "Jongen toch, dat is geen post, dat zijn doodsbedreigingen. Ik kan je helpen want je weet goed dat ik flic was in mijn vorig leven".

Hij dan: "'k Weet dat, maar dat hier is shit, hé. 'k Zal het wel zelf moeten oplossen, laat maar".

Ik terug: "Geen sprake van. In welk wespennest je ook zit, ik laat je niet vallen".

Daarop vertelde hij mij in grote lijnen de problemen die hij, Bernard Collot, als Broeder Dominique dacht achter zich gelaten te hebben. Over zijn vrouw heeft hij niets verteld. Daarom ook dacht iedereen dat hij weduwnaar was.

Ondertussen vertelde mij hij ook nog een stuk of twee, drie zaken over die Lazare, een oplichter waarmee hij **"werkte"** in de tijd dat hij antiquair was, en gokverslaafd. Hij had zeer veel geld verspeeld en dienen "typ" had hem voorgesteld er **"vanaf te geraken"** door dubieuze spullen voor hem te verhandelen. Lazare werd ingerekend en is overtuigd dat iemand hem aangegeven heeft. Hij heeft vijf jaar gekregen en is nu na vier en een half jaar op vrije voeten wegens voorbeeldig gedrag.

Daarop heb ik mijn tijd genomen om één en ander op te zoeken. 'k Heb links en rechts wat gesnuisterd en dit heeft mij geen windeieren gelegd. Maar goed, ik heb de methode, ik heb de middelen en vooral ik beschik over een paar oude kameraden. Want het is niet omdat ik monnik geworden ben dat ik van mijn oude relaties afgesneden ben. Als je dat denkt, dan steek je je vinger in je eigen oog. Ik zeg het je, juist dat geeft me rust en zorgt voor een zeker evenwicht. Denk in godsnaam toch niet dat ik 't zotje van den hoop geworden ben!

*Hij stopt, zijn hand op de mond. Hij kijkt in het ijle.*

Oeps! Dat moest nu ook niet. Pardon!

*Daarop heft hij zijn schouders op en geeft teken dat hij er zich niets van aan trekt.*

Och, en wat dan nog! Bon, waar waren We gebleven? Ah ja. Ik ben natuurlijk niet helemaal van gisteren en 'k heb dus een paar trucjes uitgehaald. Ik hoef jullie niet te vertellen dat ik niet alleen mijn Iphone heb, ik heb alle tijd en daarenboven heb ik ook een pij die toelaat om in één van de vele zakken een Ipad te stoppen. Meestal laat ik die wel op mijn werktafel liggen om zo duidelijk te maken dat ik niets te verbergen heb. Daarenboven...

*Hij maakt een klein vreugdedansje en geeft een opschepperige air aan.*

Ik kan ook, indien dit nuttig is, gebruik maken van de PC en de printer van de bibliotheek. Want vermits het bibi is die verantwoordelijke is voor het ingeven van alle verkoopgegevens tijdens het weekend en ik bovendien ook als de webmaster de website van de Abdij actualiseer, heb ik dus ongelimiteerde toegang tot internet, met bovendien een persoonlijke toegangscode als verantwoordelijke.

Cool, hé? Natuurlijk doe ik niet mee aan al die dommigheden op Facebook, LinkedIn en Instagram, maar op die manier ben ik wel op de hoogte van heel wat "wereldse" gebeurtenissen en heb ik toegang tot nuttige gegevens en de netwerken uit mijn vorig leven. Natuurlijk houd ik ook minder geoorloofde maar wel best interessante opzoekingen van anderen in de gaten, maar daar kom ik later op terug

Leuk hé, denk je? Wel, je moet weten dat alles wat ik doe, of kom toch bijna alles, volledig strookt met de beginselen van de Regel van Benedictus die mijn dagelijkse bezigheden moet leiden. Deze regel is dus niet alleen bepalend voor de gebedsdiensten en de werkzaamheden, maar ook voor de toepassingen...

*Hij telt op zijn vingers.*

van de maaltijden, de kledingvoorschriften, de gastvrijheid, de aanduiding van de broeders met verantwoordelijkheid, de verplaatsingen buiten de abdij, enz. Maar de Heilige Benedictus was **niet achterlijk**, hij kende de menselijke natuur. Dus voor wat het dagelijks leven binnen de communauteit betreft, is het de abt die verantwoordelijk is voor de meer gedetailleerde afspraken.

En hier bij ons is dat onze abt, Vader Philippe. Een goede en integere man die vlug begrepen had in welke onzekerheid en met welke moeilijke omstandigheden ik hier bij mijn intrede zou geconfronteerd worden.

In feite is hij, samen met mijn tweelingzuster Monique, de enige op de wereld die mij zo goed kent. Hij is mijn biechtvader en ik speel het spel eerlijk. Echt wel. Het is hij die mij toelaat om met één been in de wereld te staan zodat ik nog wat mijn nieuwsgierigheid kan bevredigen en toch een gepaste spiritualiteit kan ontwikkelen. Hij heeft mij niets doen beloven behalve dat ik daarin steeds eerlijk tegenover mezelf moet blijven.

Toen ik hem, terwijl we aan 't onderhandelen waren over mijn engagement bij een eventuele toetreding in deze eerder kleine gemeenschap, zegde: "Vader, je weet toch wel dat ik niet in God geloof en dat ik dit ook nooit zal veinzen", antwoordde hij me lachend "Wij zoeken God wel, maar het is Hij die ons vindt".

Maar ik ben aan 't afdwalen. Dit alles maar om te zeggen dat ik over voldoende technische onderzoeksmogelijkheden beschik, én ook nog goede contacten met enkele maten van het labo.

Ik heb Broeder Dominique voor een etentje in een goed restaurantje hier om de hoek uitgenodigd om de pieren uit zijn neus te halen zodat ik perfect op de hoogte ben van zowel zijn vroegere foute zaken als van die stomme Lazare die van plan is hem om te brengen. Daarnaast interesseert het me evenzeer dat onze vriend ex-antiquair evenmin weduwnaar is als ik...

Oei, verdorie.

## HET DOEK VALT

**Scène 3**

*Een indirect verlicht glasraam.*

*Broeder Thomas zit op een bidbank.*

Laat ons eens kijken. Hoofdstuk 15. Op welk moment moeten we Halleluja zeggen?

*Hij heft het hoofd en laat zijn blik dwalen over het publiek. Hij haalt zijn zakboekje terug uit zijn zak en leest.*

Vanaf Pasen tot en met Pinksteren moeten we zonder uitzondering, zowel bij de psalmen als bij de antwoorden Halleluja zeggen. Vanaf Pinksteren tot het begin van de Vasten moeten we dit elke avond alleen bij de zes laatste psalmen zeggen; zo ook elke zondag van het Kerkelijk jaar, uitgezonderd tijdens de Vasten, bij de lofzang 's avonds, tijdens het officie 's morgens, tijdens de priemen, de tertsen, de sexten en de nonen. Voor de vespers wordt dit telkens gebruikt in de antifoon; nooit zegt men Halleluja in het antwoord, behalve dus van Pasen tot Pinksteren.

Help jongens! Tijdens de antifoon…

*Hij staat recht en begint te zingen "Etienne, Etienne!" en wiegt terwijl hij danst.*

Wie van u?

*Hij richt zich tot het publiek en wijst met zijn vinger.*

Wie van u kan zeggen wat het betekent "tijdens het Antifoon"? Ja? Wie?

*Hij wijst met dreigend met de vinger.*

Ja! **Wie?** Wie weet wat dat wil zeggen?

*Hij glimlacht.*

Ook daarvoor heb ik gegoogeld. Natuurlijk om niet aan de medebroeders te moeten zeggen dat ik geen reet van heel hun liturgie begrijp.

*Hij haalt een in vier gevouwen blaadje uit zijn zak, vouwt het open en leest.*

Antifoon*:* Liturgisch refrein dat bij elke vers van een psalm door het koor herhaald wordt. *Figuurlijk*: dat men herhaalt, herneemt. *Synoniem* herneming, refrein.

*Hij glimlacht.*

Herneming! Refrein!

*Hij herbegint te zingen "Etienne, Etienne!" en wiegend te dansen.*

Antifoon, antifoon, herneming, refrein.

*Hij stopt plots en herpakt zich.*

Excuseer me. Ik laat me gaan. Waar waren we gebleven?

*Hij haalt zijn hand door het haar.*

Wat is er toch met mij? Allez, we stoppen daarmee, hé?

Bon. Ik kom terug op Tony Taminiau, het jonge kaderlid dat door zijn superieuren gevolgd wordt, zogezegd omdat hij informatie zou verkopen aan de concurrentie. En ja, bingo, meer nog, superbingo. 'k Heb tijdens het ontbijt een discreet bezoekje gebracht aan zijn kamer en... een aantal dingen gevonden.

*Hij draait rond en denkt na.*

Ik weet niet waarom, maar die opgeschoten asperge, die slungel Tony met z'n jongensmanieren doet me denken aan mijn neef Alexis, de zoon van mijn tweelingzus Monique. Die man geeft een indruk die tussen geveinsde zelfzekerheid en een soort angst ligt, precies alsof hij ergens schrik voor heeft of zich belaagd voelt. Ik dacht bij mezelf "ik moet het weten".

Voilà, 't ligt eruit... magische, vervloekte woorden: *ik moet het weten...*'k Zeg het u, het is sterker dan mezelf.

'k Heb me hier vrijwillig opgesloten in die abdij die ongeveer op 't einde van de wereld ligt om tot rust te komen en toch slaag ik er in om iets te vinden die mijn hersens in gang zet. Onverbeterlijk, "paljas van de antigangbrigade", leugendetector **EN** blootlegger van vuile potjes zoals mijn collega's me zagen.

Nu mogen ze mij bovendien nog een andere bijnaam geven, "broeder oen". Of ook de "stomme benedictijn". 't Is niet zeker dat ze doorhebben wat ik hier zoek, want ze hebben me allemaal gezegd "''g Hebt zeker uw verstand verloren? Herpak je!". Die steenezel van Serge als eerste. Hij kon het zich nooit inbeelden – hij is toch een soort psycholoog? – dat mij voor een poosje naar deze abdij sturen voor mijn herstel dit van mij een goede en degelijke monnik zou maken. En de anderen? Mijn teamgenoot Lorenzo met zijn aangebrande moppen, Julie de kamikaze wiens glimlach je het hoofd op hol brengt, Petrus de oudste van de ouderen met zijn 1001 mogelijkheden van sodabicarbonaat... We zien mekaar nu en dan nog eens als ik afzak naar Parijs. We werken wel niet meer samen, maar we blijven nog altijd dezelfde maten van vroeger. Ik mag hen vragen wat ik wil, ze staan altijd voor me klaar. Ik voor hen natuurlijk ook, we hebben zoveel samen beleefd in onze brigade. 't Doet er mij trouwens aan denken dat ik hen binnenkort weer eens moet opzoeken. Midden mei in Parijs doorbrengen is zaaaaalig.

Maar hier is 't ook goed hoor. Voor niets ter wereld zou ik mijn vroeger leven terug willen. Hier is het werkelijk de echte kalmte, de stilte. Alleen al het feit om 's morgens blootsvoets door het gras te wandelen, het gelui van de klokken te horen die ons op geregelde tijd oproepen tot het gebed in de kapel, eenvoudige dingen die mij ondertussen erg dierbaar en belangrijk zijn geworden. Zelfs de Vigiliën storen me niet. Op dit uur slaapt een mens normaal en terwijl ik vroeger slecht tegen slapeloosheid kon, maakt dit hier deel uit van mijn manier van leven.

*Hij stopt, steekt zijn vinger uit naar het publiek en vraagt.*

Ok, gasten. De vigiliën... Wat is dat voor 'n bazaar? Jij? Weet jij het? Wat? Waakzaam zijn, van vigilanten? Hahaha. Niets van. Ga maar slapen! Jij? Wat? Nachtwakers? Gij moogt ook voortgaan!

Bon. Geen paniek. "De Vigiliën", 't is belachelijk hoor, maar het is de oproep tot gebed om twee uur 's morgens. En... om 2 uur ben ik nog klaarwakker, ben ik volop bezig mijn hersenen te breken over: "To be or not to be" en alles waar ik met mijn verstand nog niet bij kan. Dan hoor ik het gebeier van de klokken, sta ik op en haast me om mijn broeders in de kapel te vervoegen. Eenmaal terug is het dan ongeveer drie uur, kruip ik terug in mijn nest en slaap dan als een engeltje. Raar, hé?

'k Herinner me nog de woorden van Broeder Dominique in het begin...

*Hij stopt en vertrouwelijk tot het publiek:*

Broeder Dominique, een dikke monnik, 'k denk zelfs de dikste van al, maar ik heb hem graag...

*Hij stopt plots...*

Maar ja, jullie kennen hem, jullie kennen dikke Dominique, die van de anonieme brief. 'k Heb het jullie toch verteld hoe gulzig hij is?

*Hij heeft een bezorgde blik, grijpt naar zijn voorhoofd, zwijgt lang en klopt dan met een vinger tegen zijn hoofd.*

't Is hier precies niet in orde, hé... Ben ik misschien een beetje vermoeid? Maar 't gaat hoor, allez, het moet gaan!

*Hij lacht een beetje gemaakt.*

Jaja, 'k weet het weer. 'k Heb het jullie verteld. Bon, gulziger dan hij bestaat gewoonweg niet...

Hij zegde me: "*Zoek niets, probeer niet je te ontspannen of om je hoofd leeg te maken, je slaagt daar toch nooit in. Wees je bewust van datgene wat je voelt, zelfs al is dat niet prettig en voor de rest: luister naar je darmen*". Hij gebruikte gewoon het woord darmen omdat dit hem deed denken aan een lekker gerecht. "*Luister naar de achtergrondgeluiden, een vogel buiten, het geritsel van de bladeren, het gepiep van een deur. Probeer langzaam te ademen en ruik met uw neus de geuren die uit de keuken komen. Wat schaft de pot deze middag?*"

Da's zeker de vraag die bij hem opkomt als hij 's morgens zijn ogen opent.

Hij zegde me: "*Voel. Laat je vingertoppen over het verweerde hout van je kast dwalen. Laat het kussen van je open hand over de gepolijste vensterbank glijden, die steun waar honderden voor jou op geleund hebben om het Mariabeeld achter het bosje te kunnen zien. En ook, ga buiten als je zin hebt. Ga buiten wandelen langs de Trinquelin op tien minuutjes van hier en luister naar het kikkergekwaak terwijl het water bij het watervalletje op de stenen kletst...* "

Voilà, allemaal kleine dingen die mijn leven gered hebben. Echt hoor, ik lach er niet mee. Bij mijn aankomst hier was ik zo uitgeperst dat ik er alleen nog van droomde in een diepe put te vallen en nooit nog terug boven te komen. En ja, dan heb ik geleerd om geen speciale verwachtingen meer te hebben, geen bijzondere doelstelling na te streven en mijn gedachten de vrije loop te laten... En dat heeft me deugd gedaan, beetje voor beetje heb ik de dosis methadon kunnen terugschroeven en na een periode van ongeveer vier maanden ben ik erin geslaagd me van al die brol die mijn hoofd op hol bracht te bevrijden.

Monique, mijn tweelingzus, de mama van Alexis waarover ik je vertelde en die me doet denken aan Tony – woont nog altijd in Quiberon, in het ouderlijke huis, maar mijn ouders zijn overleden.

Zij vroeg me, toen we de laatste keer via skype met mekaar praatten: "*Heb je soms nog niet genoeg van die abdij waar er niets gebeurt, gij die altijd bezig waart, die het nooit kon laten uw neus in andermans zaken te steken en Sherlock Holmes te spelen bij de antigangbrigade?*"

Awel, nee. Ik beklaag het mij geenszins. Je zou kunnen

denken dat elke dag er hier hetzelfde uitziet, maar niets is minder waar. Je zou het kunnen vergelijken met een dagelijkse wandeling die je maakt in de buurt van je huis waar je al twintig jaar woont. Ook daar is geen enkele dag gelijk. Je ziet nieuwe gezichten, en ook wat er op straat gebeurd is steeds weer iets anders... nooit hetzelfde. Trouwens, nu je het hebt over Sherlock Holmes... ik kon mij niet inhouden, ik heb reeds verteld dat ik tijdens het ontbijt een discreet bezoekje bracht, of liever zoektochtje heb gehouden in Tony's kamer en niet tevergeefs. Een rare kwast, die gast, en het verwondert me niet dat men hem op zijn werk verdacht vindt en dat men hem laat volgen. Vanuit mijn vorig leven heb ik de ervaring, ik weet waar men iets kan vinden en waar men bepaalde zaken gewoonlijk wil verbergen. En YES!

*Hij haalt zijn Iphone uit een van z'n zakken en schuift er met zijn vingers over om een bepaalde pagina te vinden.*

'k Had niet meer dan vijf minuten nodig om dit te vinden.

*Hij toont het scherm aan het publiek en glimlacht.*

Natuurlijk kun jullie hierop niets zien, ik leg het uit. Ik heb een notaboek gevonden, een soort intiem dagboekje in de dubbele wand van zijn reistas. Dwaas van die mensen, hé. Ze verstoppen iets en steken dit dan net op die plaatsen die de douane, de politie of... een monnik zoals ik ze zoekt. Als je namelijk iets zoekt, ga dan eerst in de dubbele wand van een reistas zoeken. Soit! Dat heb ik in dit zakboekje gevonden en natuurlijk gefotografeerd. En zonder dat iemand iets of wat in de gaten kreeg, heb ik alles netjes teruggeplaatst in minder tijd dan de kapper nodig heeft om een kaal hoofd te scheren.

*Hij laat zijn hand door z'n haar gaan en wacht tot iedereen hem alle aandacht schenkt. Dan leest hij vanaf het scherm van zijn Iphone:*

"12 februari. De datum van het gebeuren is dus 12 februari. Daarna niets meer van bewuste of aantoonbare activiteit, het lijkt zelfs dat de persoon in slaaptoestand verkeert. De toestand komt overeen met uitgebreide kwetsuren van de hersenen terwijl het geheel relatief blijft functioneren".

*Hij kijkt naar het publiek en herhaalt: "het functioneren van de hersenpan"*

Verdorie! Daarvan krijg je toch vliegende diarree? En verder...

*Hij laat zijn vinger over het schermpje van zijn Iphone glijden en leest:*

"Zonder hulp kan zij niet ademen. Hij heeft geen bewuste activiteit, geen perceptie van zichzelf of de omgeving en dus geen gedachte". Wel? Wat verder...

*Hij scrollt nog verder en leest:*

"Het is te vroeg om met zekerheid te zeggen, maar de pronostiek van de levensvatbaarheid blijft onzeker?"

Begrijp je nu wat ik bedoel? 'k Heb hier een hoop gegevens die de andere daar, die **security manager**, van haar stuk zal brengen...

Dat maakt iemand alert, hé? En dat ik dat hier allemaal onder ogen heb. Hij houdt steekkaarten bij met inlichtingen, vertrouwelijke dossiers. Ik ben ervan overtuigd dat hij die inlichtingen verkoopt aan de concurrentie. Kijk hier! Hij zegt zelfs op welke manier de testen gevalideerd werden!

*Hij scrollt nog verder en leest:*

"Ik zeg dit met de grootste omzichtigheid, maar de verandering van hartkloppingen ten gevolge van een geluidsstimulatie vormt een goede indicator voor de bewustzijnstoestand en het schijnt dat dit het geval is terwijl men aan het lezen is".

Awel? Wat zeg je hiervan? 'k Heb hier alles.

*Hij roept, hij windt zich op.*

't Is wat ik je zeg, ik heb hier alles, 'k heb alles gefotografeerd!

*Hij scheldt tegen een toeschouwer op de eerste rij.*

Wat! Geloof je me niet? Geloof je misschien dat ik de pedalen verlies of dat ik alles verzin? Ik ben **CLEAN**, gastje. **CLEAN**! Hoor je me?

*Hij denkt dat iemand hem achteraan bij de schouders pakt en schudt dit bruusk van zich af.*

Laat me los. Laat me los zeg ik je !

*Hij draait zich om en beseft dat er niemand staat.*

Oei, wat overkomt me toch?

*Hij grijpt naar z'n slapen alsof hij migraine heeft.*

Wat gebeurt er met mij? Het moet te wijten zijn aan het gebrek aan slaap of iets dergelijks. Of misschien van al die vuiligheid van de kazen die op de maag liggen.

Kom, laat ons teruggaan naar het onderzoek. Dat zal me beter laten voelen. Bon, 'k heb hier dus alles…

*Hij toont de Iphone en tikt op het scherm.*

Maar, wil dit dan zeggen dat hij die zaken aan de concurrentie verkoopt? Da's niet echt zeker, hoor! Hij schrijft: "Het is met de grootste omzichtigheid dat ik dit schrijf", **met de grootste omzichtigheid**! En hij zegt "tijdens de momenten van het lezen". Ja, daar begint het eigenaardig te zijn. Wellicht is dit gecodeerd.

*Hij telt op zijn vingers.*

Een gast die in de gaten wordt gehouden door zijn werkgever.

'k Hoor van alles over hem terwijl ik bezig ben in mijn koelruimte.

Hij brengt het weekend van één mei door in **MIJN abdij**, ... en, als kers op de taart, hij praat met **de grootste omzichtigheid!**

... dat jaagt mij op, dat interesseert me, het drogeert me, het... Bon. Wat kalmeren. Ik ga alles noteren in mijn bureau. ...In mijn kamer. ...In mijn cel.

*Hij lijkt weg te willen gaan maar gaat dan toch op z'n bidbank zitten.*

'k Zou graag wat bijkomende onderzoeken beginnen en een goed excuus vinden om mij morgen op de markt te laten vervangen, maar ik heb een afspraak die ik zeker niet mag missen... Die domme roodharige.

HET DOEK VALT

**Scène 4**

*Zelfde decor als scène 3. Naar het publiek staat een scherm waarop Skype staat, klaar om geopend te worden.*

*Broeder Thomas haalt terug zijn zakboekje uit, zoekt de juiste pagina en neemt hiervoor z'n tijd.*

Laat ons kijken. Hoofdstuk 17. Hoeveel psalmen moet men zeggen tijdens de diverse gebedsdiensten?

*Afdreunen van wat er staat:*

Nadat we de manier waarop het goede verloop van de diverse gebedsdiensten van zowel 's ochtends als 's avonds hebben doorlopen, moeten we het nu over de andere diensten hebben. De priemen beginnen we met het vers **Deus in adjutorium meum intende**; we zeggen de volgende hymne, daarna drie psalmen die stuk voor stuk gevolgd worden door Gloria Patri; daarop volgt een preek, een vers, het Kyrie Eleison, en om te eindigen **Deus in adjutorium meum intende**.

*Hij ondervraagt het publiek.*

Wat? Hein? Niemand die het weet? Is er hier deze avond geen enkele latinist? Bon. Ook daarvoor heb ik gegoogeld en dit betekent: **Oh God, kom mij te hulp!** Ja, God, help mij. Ik zal er nooit in slagen om dit te onthouden tegen volgende week. En het examen nadert! Hij heeft er een potje van gemaakt, onze Heilige Benedictus.

*Hij vervolgt.*

Diezelfde manier van doen houdt men ook aan tijdens de tertsen, de sexten en de nonen: die beginnen met vers 33, daarna volgt de hymne die voor die dienst specifiek is, daarop drie psalmen, de preek, een vers en het Kyrie Eleison; daarop stopt men. In de grote communauteiten zegt men de psalmen met antifoon, in de andere volstaat het ze te reciteren **zonder antifoon**.

*Hij wijst met z'n vinger naar zijn slaap en gebaart aan de toeschouwers dat ze dit moeten onthouden.*

**Zonder Antifoon, met Antifoon**... OK, kun je het nog allemaal herhalen?

*Hij leest verder.*

Tijdens het avondofficie zeggen we vier psalmen **met**

**antifoon**, daarna een preek, het antwoord, een Hymne, een vers, het Woord van het Evangelie, het Kyrie en de dienst eindigt met Beloftes van het Huis. We zeggen drie psalmen tijdens de **Completen** – de Compleeeeeten ….

*Hij wijst opnieuw met z'n vinger naar zijn slaap en gebaart aan de toeschouwers dat ze dit moeten onthouden.*

op de eenvoudige manier dus **zonder antifoon**. – **ZONDER** antifoon -

*Nog eens dezelfde geste.*

Die psalmen worden gevolgd door de hymns die specifiek zijn voor dit bepaalde uur, een preek, een vers, het Kyrie en de zegening. Daarna trekken we ons terug.

*Hij laat volkomen uitgeput zijn arm vallen, nog steeds het zakboekje in de hand.*

**Chatal kornek**! – ofte **gehoornde troep** in mijn geliefd Bretoens – Men trekt zich terug. Ik mag het hopen dat men zich mag terugtrekken. 'k Voel het, ik zal hier nooit in slagen. Nu volg ik nog de anderen als een mak lammetje: Amen hier, daar de kap op of niet, voortschrijden, terugkeren… hoe wil je, hoe wil je in godsnaam… dat ik mij niet vergis.

*Hij glimlacht.*

Maar ventje, binnen de week zal je toch een beslissing moeten nemen. Dan is 't gedaan met te doen alsof alles vlotjes loopt. Ofwel slaag je in het examen, ben je Broeder Thomas die alles van de regel van Benedictus begrepen heeft, ofwel keer je terug naar het profane leven en neem je je job terug op. Of misschien den dop. Want het zou me verwonderen dat ze me bij de Brigade terug willen gezien het dossier dat ze daar hebben over mij…

*Er wordt gebeld. 't Is Skype. Hij steekt zijn zakboekje weg en plaatst zich voor het scherm terwijl hij uitlegt.*

't Is Monique, mijn tweelingzus. Eénmaal in de week spreken we mekaar via Skype. We houden op die manier contact, we vertellen, we houden op die manier van mekaar…

*Projectie van een gesprek met z'n zus.*

Monique: Zeg, mijne Janneman, hebt ge daar 't uwe gedaan?

FT: Het mijne?

Monique: Ik heb pas bezoek gekregen.

FT: Was 't aangenaam?

Monique: Ja, niet speciaal.

FT: Hoezo niet speciaal?

Monique: Ja, niet speciaal, omdat het iemand was die het wel goed meende maar die me toch liet verstaan dat je problemen hebt.

FT: In welke zin?

Monique: Wel in de zin van dat ge toch nog altijd bezig bent met je neus in andermans zaken te steken?

*Hij toont zich verontwaardigd en wendt zich tot het publiek.*

FT: **IK**? Mijn neus in ANDERMANS zaken?

Monique: Stop ermee.

FT: Vertel. En de juiste feiten hé, geen verbeelding please.

*Hij wendt zich tot het publiek en zegt vertrouwelijk.*
Bekijk deze glimlach eens! Is 't geen knappe, mijn tweelingzus? Ze doet mij aan ons moeder denken op het moment van de deugnieterijen die we uithaalden toen we nog geen tien waren, toen we nog samen in het huis woonden waar zij nu woont met Lucien, mijn schoonbroer pillendraaier die ik overigens wel mag, hoewel hij nu en dan wel nogal zwaar op de hand is en onze vroegere stommiteiten niet altijd zo om te lachen vindt.

Monique: Hij belde aan, zegde jouw naam en dus heb ik hem binnengelaten.

FT: Zegde hij Jean Lenormand?

Monique: Neen, hij had het over "uw tweelingbroer die zich tegenwoordig Broeder Thomas laat noemen".

FT: En?

Monique: Hij heeft gezegd dat je beter zou ophouden met je neus in andermans zaken te steken en hij heeft me gevraagd je iets voor te lezen...

Ft: En wat moet dat zijn?

Monique: Wacht, ik zoek het blaadje. Voilà. Kijk wat er staat: de arbeider heeft de werken op zijn veld onder controle en hij verliest zijn Latijn niet, ondertekend de vervloekte roskop. *En het is getekend 'Vervloekte roskop'.*

FT: Den onnozelaar! 't Is Quentin Libert, van de Brigade. "Vervloekte roskop"... Ik heb die roste collega die bijnaam gegeven omdat hij altijd problemen had met de hiërarchie.

Monique: En waarover gaat dat?

FT: **Sator Arepo Tenet Opera Rotas**, in 't Latijn. Dat

is een magisch vierkant. Je schrijft woorden, het één boven het ander en je kunt ze in elke richting lezen. Ik ken niet veel van het Latijn, maar magische vierkanten heb ik verschrikkelijk graag.

Monique: Wacht eens een secondje!

*Tegen het publiek.*

Ik ben zeker dat ze nu probeert de woorden in een vierkant te plaatsen zoals ik het zegde, het ene onder het andere en dat ze me binnen de seconde zal zeggen: "'g Hebt gelijk, het lukt... "

Monique: Je hebt gelijk, het lukt.

FT: Natuurlijk dat het lukt, 'k heb het je toch gezegd!

Monique: En wat dan?

FT: Vrij vertaald wil het zeggen dat het kruis de wereld draagt, of exacter dat de Kerk alle macht blijft behouden.

Monique: Wel, wat heeft dat met jou te maken, behalve als je je kap over de haag gooit?

FT: Wellicht dat ik moet ophouden mijn neus in de zaken van de geestelijkheid te steken...

Monique: Doe je dat dan?

FT: Neen. Of ja, niet echt. In de brigade had ik een aangebrand dossier en van tijd tot tijd volg ik dat nog op. Van ver hoor en heel zelden, en alleen als ik bepaalde dingen ontdek die er mee te maken kunnen hebben, zie je?

Monique: Ge zult wel nooit veranderen.

*Monique zucht en trekt een grimas: lippen streng op mekaar, de mond verwrongen naar links, schudden met het hoofd van links naar rechts, ze trekt haar schouders op en laat ze dan machteloos vallen.*

FT: Da's natuurlijk de meerwaarde van Skype, dat men tegelijk beeld en klank heeft.

Monique: Zelfs tussen vier kloostermuren slaag je er nog in om je moeilijkheden op het hals te halen?

FT: Hoe zag Quentin er eigenlijk uit? Stelde hij het goed? Heeft hij nog iets anders gezegd?

Monique: Jaja, hij zag er wel goed uit, maar hij praatte heel stilletjes, alsof hij schrik had dat er micro's in huis hingen. En hij is slechts kort gebleven, niet meer dan drie minuten. Hij gaf me het blaadje en vroeg of ik je het woord na woord zou willen lezen en ook dat hij volgende zaterdag om 13 u op het terras van de bar bij het stadhuis van Avalon zal zitten.

FT: Liet hij geen telefoonnummer achter waarmee ik hem zou kunnen bereiken?

Monique: Neen. Hij heeft ook gezegd dat hij momenteel niet meer in Parijs zit en dat je wel zou weten waarom.

FT: OK. Dank je, zusje. Maak je geen zorgen hoor! Zeker en vast niks ergs. Quentin heeft nogal neiging tot dramatiseren.

Monique: Ja maar, wees voorzichtig Janneman, en stop met…

FT: Met wat? Met mij bezig te houden met andermans zaken?

*Ze lacht.*

Monique: Ja, zeker onder de rokken van de geestelijkheid.

FT: Ja maar, 't is al lang hoor dat ze geen lange kleren meer dragen.

Monique: Allez, tot binnenkort. Bel je me? En wees voorzichtig.

FT: Jaja, je hebt het me al gezegd. Ik zal mijn pollen niet verbranden.

*Hij grijnst.*

FT: Allez. Tot de volgende keer. geef de kinderen en Lucien de Farmacien een kus. 'k Zie je graag.

Monique: Ik ook hoor.

*Op het scherm verschijnt het logo van Skype, en daarna zwart scherm.*

## HET DOEK VALT

**Scène 5**

*Zelfde decor als daarstraks. Het scherm is nog steeds uit, Broeder Thomas zit op zijn bidstoel en leest met luide monotone stem.*
Hoofdstuk ickx elle (XL). Dat is dus 40, niet extra-large!

*Hij lacht met zijn mopje.*

**De maat van het drinken.** Da's de titel.

*Hij geeft commentaar terwijl hij zijn vinger opsteekt.*

Hier wordt het pas leuk. Elkeen heeft van God een gave gekregen, maar natuurlijk heeft de ene andere mogelijkheden dan de ander en blablabla.

*Hij mompelt nog eens, blablabla.*

Niettemin, omdat we rekening moeten houden met de mogelijkheden van zwakkere mensen gaan we ervan uit dat een halve roemer wijn per dag volstaat voor elke

Broeder.

*Hij legt uit.*

Roemer: een oud wijnglas of wijnbeker waarvan de inhoudsmaat **varieert**.

*Hij herhaalt.*

**Het volume varieert** naargelang de tijd, de regio en de aard van de te meten goederen. Begrijp jij hoe nauwkeurig de Heilige Benedictus ons dit heeft doorgegeven? De roemer heeft een variabele inhoud en je mag er een halve per dag van hebben. Raar hé !

*Hij vervolgt het lezen, stilletjes lachend.*

En wie van God de gave heeft gekregen om dit te kunnen missen, weet dat hij op een compensatie recht heeft. Indien evenwel de aard van de omstandigheden, de aard van het werk, de warmte tijdens de zomer een toemaat vraagt, dan is het aan de **Overste** om dit toe te staan, er wel steeds aan denkend dat elk exces moet vermeden worden, zowel in het drinken als in het eten. Blablabla.

*Hij murmelt, blablabla.*

Hoewel er staat dat wijn eigenlijk niet past bij monniken - want er staat geschreven dat het drinken ervan zelfs de braafsten onder ons doet afkeren van God (Ecclesiasticus, hoofdstuk 19) - maar dat Wij hen daar in deze tijden niet kunnen van overtuigen, kunnen Wij dit toestaan, maar dan wel in beperkte mate. En blablabla zodat ze in vrede leven in de plaats van daarover te mopperen en te klagen: maar toch waarschuwen Wij jullie om, waarover het ook moge gaan, je nooit over te geven aan het mopperen.

*Hij herhaalt:* "je nooit over te geven aan het gemopper".

Mooi gezegd, hé? En de Heilige Benedictus heeft er bovendien aan toegevoegd: "Indien evenwel de aard van de omstandigheden, de aard van het werk, de warmte tijdens de zomer een toemaat vraagt, is het aan de **Overste** om dit toe te staan". Wel, **onze Overste Superieur, vader Philippe**, is nen chique typ want hij geeft daarbij ons carte blanche. Hij laat het aan ons over om zelf te beslissen hoeveel glazen per dag wij nodig hebben. Cool, hé? Ge kunt u voorstellen dat het vooral hoofdstuk 40 is dat mij het meest interesseert in dit kleine boekje.

*Hij stopt het in zijn zak.*

Bon. 't Is nog niet alles. Vermits we niet de hele avond nog voor ons hebben is er alleszins nog iets wat ik jullie moet vertellen om de finesse van heel het verhaal te vatten. Of tenminste, ik hoop het...

*Hij lacht.*

Eerst en vooral, bedankt om te noteren dat de auteur van dit verhaal een vrouw is. Dat is voor het slot belangrijk om te onthouden. Het gaat hier niet om iets simpel, braaf of helder zoals we dit van een man kunnen verwachten. Neen, het is iets wat alleen een vrouw zich kan inbeelden: complex, mysterieus, beangstigend.... Maar bon, ge gaat het wel zien, 'k heb jullie verwittigd.

*Hij zwijgt een tijdje.*

Let op, hier weent men.

*Hij lacht.*

Dus, ik ga het jullie vertellen. Luister:

In Avalon is er een museum waar men allerlei spullen bewaart die een zekere historische waarde hebben. De conservator ervan heeft gevraagd om dit te vermelden in de reclamefolder van de abdij, op de kleine affiches bij de ingang van onze abdij, enz., enz...

*Hij wacht alsof iemand hem een antwoord zou geven.*

En.... ook op onze website. En, wie is de webmeester, voor zij die mijn verhaal gevolgd hebben?

*Hij wacht een beetje en klopt zich dan op de borst.*

Jaja, bibi hier. Ik was het dus die de conservator contacteerde om hem allerlei vragen te stellen en uitleg te krijgen over een aantal historische spullen, een paar foto's te maken en nog wat van die dingen. Ik dacht natuurlijk dat het een uitgelezen mogelijkheid bood om hem de pieren uit de neus te halen over mijn goeie dikke vriend en over een aantal niet al te katholieke zaken.

*Hij lacht met zijn mop.*

Niet te katholiek... Bon, ok, ik ga verder.

Over zaken waarmee hij zich samen met Lazare bezighield toen hij nog antiquair was. Van niets gebarend stelde ik hem voor om technisch advies te verlenen tijdens mijn interview in het museum. Ik had hem trouwens ook toevertrouwd dat wij dan op de terugweg zouden stoppen om iets kleins te eten in de "Molen van de Tempeliers". Natuurlijk dat hij dat goed zag zitten.

Ge ziet ons dus al op weg om de schatten van het fameuze museum van Avalon te gaan bekijken. Broeder Dominique rijdt bijzonder graag met de auto en ik zit er graag bij om te dromen. Hij zette zich dus achter het stuur en ik begon onmiddellijk over koetjes en kalfjes te babbelen met de bedoeling meer inzicht te krijgen over zijn vroeger leven. Jullie weten inmiddels dat ik daar bedreven in ben, al moet ik het toegeven dat

Broeder Dominique zich in het doorgaan nogal op de vlakte hield over zijn privéleven en zich zeker niet volledig blootgaf.

Op dat moment wist ik nog niet dat ik diegene die zou zijn die geconfronteerd zou worden met zijn verleden, een echte schok.

*Hij wordt heel serieus, neemt zijn hooft in zijn handen en trekt de schouders op.*

Het gebeurde op het moment dat we ons bezoek aan de conservator hadden beëindigd en nadat we enkele bruikbare foto's hadden genomen. Broeder Dominique liep voor mij naar buiten en was al vlug bij de auto om nog sneller naar de gastronomische afspraak te kunnen rijden. Plots, op het ogenblik dat ik de deur van de auto wilde openen, deed ik twee stappen achteruit om op mijn rechterkant door het glasraam van het museum wat nauwkeuriger een klein schilderijtje te bekijken dat door een zonnestraal beter zichtbaar was. Ik zeg schilderijtje, maar in feite was het een zwart-wit foto.

*Het scherm licht op. De foto wordt getoond maar Broeder Thomas zit er met zijn rug naar en ziet dit niet. Hij beschrijft.*

De artiest is erin geslaagd een naakte vrouw zittend op een rotsblok te fotograferen, precies op de manier die doet denken aan het Sirene van Kopenhagen. Ik werd als in een flash door die naakte maar toch schroomvolle vrouw gehypnotiseerd.

Eerst werd ik gegrepen door de manier waarop haar geplooide been zowel haar geslacht als haar linkerborst bedekte, alsof daardoor de aandacht vooral op de rechterborst werd gevestigd... Ik werd bij dit beeld gegrepen door de trieste blik in de verte van deze nimf en hoe ze haar hand elegant op haar dij gelegd had. Vooral haar gezicht...

Mathilde. Mijn Mathilde. De liefde van mijn leven.

Ik werd overwelfd door gevoelens. Ik voelde me bijna wegdraaien tussen de rotsen op de voorgrond. Ineens werd alles terug duidelijk, Mathilde, het grootste verdriet van mijn leven. Mijn verscheurdheid en tegelijk ook mijn schaamte. Zij die, als men mij iets vraagt over mijn vorig leven, niet meer leeft, terwijl ze als een plant in een diepe coma ligt in een ziekenhuis in de buurt van de Notre Dame de Paris.

Vanop haar kamer hoort men de klokken, heeft men gezegd, want zelf heb ik haar nooit bezocht. 't Is te hard, ik kan het niet aan. Men weet zelfs niet of ze nog ooit uit die coma zal ontwaken.

Hoe erg is het leven!

Na het ongeval heb ik heel diep gezeten. En vooraleer ik er terug bovenop ben gekomen, heb ik puin moeten ruimen, niet om mezelf te aanvaarden, niet om me te verontschuldigen, wel om te kunnen begrijpen. Net zoals ik vroeger op de plaats van de misdaad geduldig wachtte op het oordeel van experten, wetsdokters en andere specialisten in het wit die me konden verklaren wat de oorzaak was van wat er gebeurd was. Het is altijd zo dat, als ik het begrijp, ik er ook afstand kan van nemen. Ik heb altijd mijn verstand het laten overnemen van mijn gevoelens.

En daar, aan de ingang van het museum van Avalon, terwijl mijn dikke vriend mij buiten opwachtte, werd ik als het ware gehypnotiseerd door die fijne, bleke hand die op de dij rustte. Mathilde kon dit net op dezelfde manier doen, haar duim lichtjes opzij op het moment dat ze haar benen onder zich plooide en zo bleef zitten in de zetel van ons salon, de weinige momenten waarop ik de moeite deed om met haar te babbelen. De meeste keren eindigden de gesprekken op een woordenwisseling. Ook juist voor het gebeurd is... en slecht afgelopen.

Ik heb haar alleen ongeluk gebracht.

*Hij zwijgt, is kwaad op zichzelf en stampt met de voet.*

Ik besef nu hoe vol ik was van mezelf, hoe trots, pretentieus, verwaand... en vooral vaak verantwoordelijk voor onze dagelijkse ruzies. Zij wilde gelijk krijgen en daar kon ik niet tegen want haar gelijk geven was zoveel als mijn eigen ongelijk toegeven. En daar kon natuurlijk geen sprake van zijn.

In feite was ik niet trots maar zelfingenomen. Ik was behept met een soort perverse ijdelheid, de onweerstaanbare drang om door anderen bevestigd te worden, de drang om met grote woorden voor alles een remedie te hebben, mijn enige mogelijkheid om mijn onzekerheid te verbergen. Maar zij bood weerstand en bleef koel en afstandelijk zoals de sirene op de rots. Koel en afstandelijk, om mijn kleine kantjes te kunnen verdragen, mijn demonen te trotseren en om te gaan met mijn onvermogen haar gelukkig te maken.

Ik ben echt wel bruut geweest, en misschien ben ik dat nog steeds, maar ik werk eraan om niemand nog te kwetsen. Enfin, ik probeer toch.

Mathilde. Mijn Mathilde. De liefde van mijn leven. Ik weet dat ik daar in het museum geconfronteerd werd met mezelf. Die schitterende vrouw daar op de rots die op haar leek, die onsterfelijke sirene die door een mij onbekende artiest in beeld werd gebracht.

Het was het onmogelijk om mijn blik van die foto af te wenden, onmogelijk om mij los te maken van confrontatie met de herinneringen en daar liet ik mijn tranen de vrije loop. Het was alsof mijn tranen in het water rond de zwart-wit rotsen vielen.

Eens terug in de auto keek Broeder Dominique naar mij met enige bezorgdheid. Mijn gezicht bracht hem ongetwijfeld in de war. Met de mouw van mijn pij veegde ik een laatste druppel weg.

"Gaat het?", vroeg hij. Jaja, antwoordde ik, "'k Werd totaal onverwacht gegrepen door het verleden. Het was alsof ik mijn vrouw herkende op een foto en daardoor ben ik gekraakt". En plots wilde ik hem alles van het verleden vertellen, maar ik heb toch mijn geheimen voor me gehouden.

*Hij grijnst.*

En plots beeldde ik mij in dat, terwijl hij in zure brij zou roeren, hij het aan wie het wilde horen zou uitbrengen. "W*eet je, Broeder Thomas is geen weduwnaar. Hij heeft zijn vrouw gedumpt na een auto-ongeluk veroorzaakt onder invloed en hij verblijft onder ons om te vergeten dat ze in coma ligt en dat hij niet de minste goesting heeft om haar te bezoeken"*. Bon. Misschien zou hij het wel niet op die manier vertellen, maar zoals gewoonlijk ben ik verplicht om het ergste te denken om hem te doen zwijgen.

Het loslaten? Eerlijk zijn? Vertrouwen geven? **NEEN**! Geen sprake van! Ik zal hem doen zwijgen!

*Hij staart naar het publiek. Draait zich om naar het beeldscherm. Bekijkt het een tiental seconden. Het beeldscherm wordt zwart. Hij keert zich terug naar het publiek.*

Zelfs aan jullie had ik het nooit mogen vertellen! Ik wilde jullie alleen zeggen dat het na het restaurantbezoek met Broeder Dominique, het verder niet goed gegaan is. Ik zegde bij mezelf Allez! Zoals de terugkeer naar Quai des Orfèvres nr 36. Gedaan met het medelijden. En als je over hem nog meer wil weten dan is het nu. NU!

En zoals we het zeggen in Quiberon: Allez Lenormand! **Stop met jezelf te beklagen**, in Godsnaam! Doe hem praten!

*Hij zet zich op z'n knieën op de bidbank.*

**Bandje:** *vrouwenstem, genre "zalvende psychologe".*

*De eerste reactie bij een overlijden is vaak het niet geloven, het niet willen onder ogen zien. Men begrijpt niet wat er gebeurt. Ik denk dat het net die ontkenning is die ons een tijdje beschermt tegen de scherpe pijn. Men doet gewoon voort alsof er niets is gebeurd om de pijn te verzachten, men blijft dagdagelijkse rituelen uitvoeren, bijvoorbeeld twee borden voor het avondmaal zetten, men behoudt dezelfde plaats aan tafel, doet alsof ze er nog is...*

*De realiteit verdoezelen is toelaten te leven terwijl de ander er toch niet meer is. Voor altijd. We missen ze, we hebben zoveel dingen samengedaan, het is pijnlijk, onverdraaglijk, we zijn een deel van onszelf kwijt. Men kan er niets aan doen en dan komt de woede.*

*Broeder Thomas staat op en gaat achteraan naar de scène. Hij opent een gordijn en dan zien we een ziekbed (met alles erop en eraan baxter, monitor...) Hij vervolgt langzaam voortschrijdend.*

Ik blijf met mijn hoofd in de rouwstemming. Ik was zo ontdaan dat ik mijn gevoelens volledig blootlegde zodat Broeder Dominique in mijn verhaal kon komen. Ik hoopte dat hij zich op een bepaald moment zo slecht zou voelen zodat hij me ook in vertrouwen zou nemen. Alles was goed georkestreerd. Mijn vroegere reflexen kwamen terug en dat deed deugd. Ik bekeek hem van opzij, zijn handen omklemden het stuur. Zijn knokkels waren bleek, vrouwenhanden? Heeft Broeder Dominique vrouwenhanden?

Broeder Dominique... of was het Mathilde? Tiens, wie reed er terug na het restaurantbezoek?

*Hij stopt bij het bed, draait zich naar het publiek, houdt zijn hoofd in z'n handen.*

Ik herinner het me. t' Was zij. 'k Had zeker teveel gedronken. Ik dacht: "Ik laat haar niet meer los. *Als ze eindelijk moet toegeven, dan is het nu. Het grote verhaal. Later volgen wel de details. Ze moet nu, NU, alles zeggen. Ze moet toegeven dat ze me zal verlaten".* Ik herinner het me. Ik heb haar arm gegrepen en eraan getrokken **zodat ze wel naar mij moest kijken! Godverdomme!**

*De luide knal van een ongeval. Verpletterend lawaai. Geplet ijzer. Hij legt zich in bed en trekt het laken over zich tot onder zijn kin. Men hoort het bliep van de monitor en het signaal dat aangeeft dat de werking van de vitale organen stilvalt. Het geluid in een micro van een ziekenhuis "Dokter Tony Taminiau wordt verwacht op de intensieve dienst. Dokter Taminiau wordt dringend verwacht op de intensieve dienst".*

**Scène 6**

*Op de achtergrond het gelui van de klokken. Het bed staat vooraan de scène met Broeder Thomas onder het laken. Baxter in de arm, een beademingstoestel, overal buisjes. De bliep van de monitor werkt terug.*

*Het scherm op de achtergrond toont het logo van Skype. Skype wordt geopend.*

*Het is Monique, de tweelingzus die het publiek aanspreekt.*

Hij is nog altijd in coma. Hij was gisteren bijna weg. Maar Intensieve Zorgen van l'Hôtel Dieu in Parijs is een fantastische afdeling. Bovendien, met dat zacht geluid van de klokken is het alsof de hemel hem verzorgt. Gelukkig hoort hij me niet. Hij zou razend zijn. Atheïst tot in de kist. Hij zou nog meer kwaad zijn mocht hij weten dat ik Vader Philippe, de aalmoezenier van het ziekenhuis, gevraagd heb hem elke dag te bezoeken. Hij vertelde me dat hij de Regel van Sint-Benedictus voorleest. Het schijnt dat dit de zwaar zieken rust geeft.

De behandelende chirurg vind ik lief maar een beetje jong. Dokter Tony Taminiau. Hij doet me aan mijn zoon Alexis denken. Een grote puber die een ernstige indruk wil geven. Hij heeft de lever getransplanteerd. De lever is een vitaal orgaan, maar het schijnt dat die operaties meer en meer gedaan worden.

Ik heb met Mathilde, zijn vrouw, mijn schoonzuster, gesproken nadat we dachten dat hij... hij ons zou verlaten. Ze maakt het gezien de omstandigheden redelijk goed. Twee gebroken ribben en hier en daar wat blauwe plekken. Hij heeft de slag opgevangen. De pompiers hebben nogal wat tijd nodig gehad om hem uit het wrak te halen. Hij was al niet meer bij bewustzijn toen ze hem naar het ziekenhuis voerden. Ze vertelde me dat hij in het restaurant verschrikkelijk opgewonden was. Ze waren iets gaan eten in de "Moulin des Templiers" en hij stopte niet met zeggen dat hij een spoor had gevonden. Altijd maar dat dossier dat hem obsedeert sedert hij aan de zijkant werd gezet, maar hij wil het niet lossen. Iets heel dubieus in de sfeer van pedofilie. Hij zou informatie gekregen hebben over een bisschop: Dominique Colot zou stukken verduisterd hebben uit het dossier Lazare, zo noemt hij die zaak. Hij zegde: "Ik heb Lazare geconvoceerd omdat ik denk dat ik die kinderen uit de doden kan laten herrijzen eens ik hun folteraars heb geïdentificeerd". Hij bleef maar herhalen dat Quentin, zijn ex-collega die hij de Vervloekte Rosse noemt, ook iets had gevonden en sedertdien verdwenen is.

Mathilde denkt dat het geen ongeval is. De bestelauto die hen voorbijstak heeft hen opzettelijk in het ravijn geduwd. Ze is er zeker van.

Gisteren heeft een eigenaardige man Mathilde bezocht. Een kleine, koele man met ronde brilglazen. Geen sympathieke vent. Hij was gestuurd door de bisschop van Parijs. Hij heeft haar gevraagd of de namen Colot of Lazare haar iets zegden. Ze heeft dat ontkend. Hij heeft haar ook gevraagd of Jean gesproken had over een abdij in de buurt van Avalon. Ook daarop heeft ze "neen" geantwoord. Goed van haar.

De dossiers steken in mijn brandkoffer in de apotheek. Als mijn kleine broer het niet haalt, gaan we alles verbranden. Mocht hij uit de coma geraken, zal hij de foto's terugkrijgen en kan hij zijn onderzoek voortzetten. Ik ken hem: eens flic, altijd flic.

En zoals hij dikwijls zegde om te lachen: "Als dit zo doorgaat, word ik pater. Ze zullen me Broeder Thomas heten. Want Broeder Thomas trekt alles in twijfel en zoekt bewijzen.

En ook, ze zeggen: Broeder Thomas rust nooit.

DONKER – DOEK – EINDE

© 2021 Josiane Wolff
Editeur : BoD-Books on Demand
12-14 rond-Point des Champs-Elysées, 75008 Paris
Impression : Books on Demand, Norderstedt, Allemagne

Illustration : Josiane Wolff

ISBN: 978-2-3222-0083-2
Dépôt légal : Mai 2021